Jochen Klepper

Der Kahn der fröhlichen Leute

Roman

Jochen Klepper: Der Kahn der fröhlichen Leute. Roman

Erstdruck: Stuttgart, Berlin, Deutsche Verlags Anstalt, 1933

Neuausgabe
Herausgegeben von Karl-Maria Guth
Berlin 2016

Umschlaggestaltung von Thomas Schultz-Overhage unter Verwendung
des Bildes: Pierre-Auguste Renoir, Das Frühstück der Ruderer, 1880-81

Gesetzt aus der Minion Pro, 11 pt

Verlag: Henricus - Edition Deutsche Klassik GmbH
Mörchinger Str. 33, 14169 Berlin, info@henricus-verlag.de
Druck: Libri Plureos GmbH, Friedensallee 273, 22763 Hamburg

ISBN 978-3-8430-9119-0

Bibliografische Information der Deutschen Nationalbibliothek

Die Deutsche Nationalbibliothek verzeichnet diese Publikation in der
Deutschen Nationalbibliografie; detaillierte bibliografische Daten sind
im Internet über www.dnb.de abrufbar.

Inhalt

Meiner Frau

1. Die Erbschaft

Wenn diese Blätter von fröhlichen Leuten berichten, so braucht es doch nicht gleich zum Anfang lustig herzugehen. Jeder, der die näheren Umstände kennt, wird es begreifen. Man muß nur ein wenig mit dem Leben der Oderschiffer Bescheid wissen, dann ist man darüber im Bilde, daß nicht alle gleich geachtet sind, die dem Kapitän eines Schleppdampfers ihr Geld fürs Anhängen pünktlich zahlen. Wer dem Dampferkapitän und den Kollegen Schiffseignern als Störenfried nicht genehm ist, wird möglichst am Ende angehängt, wo es schwierig ist zu steuern. Denn der letzte Kahn wird in den Windungen des Flusses kräftig herumgeworfen; und außerdem ist er ein wenig einsam. Die anderen Kähne gleiten brüderlich nebeneinander; den Strom hinauf, versteht sich; stromab macht jeder seine Fahrt für sich.

Stromab, das hieß für den Schiffer Butenhof und seine Frau und sein Kind, das man Wilhelmine getauft hatte, Eintracht und Friede. Unter sich sind böse Menschen reizend. Aber sie müssen ganz unter sich sein.

Stromauf, das bedeutete Zank und Grobheit und Reiberei. Beliebt waren die Butenhofs im Schleppzug nicht. Wenn sie droben in Cosel und Breslau und drunten in Fürstenberg und Stettin mit den Kapitänen und Prokuristen von dieser und jener Gesellschaft verhandelten und ihr gutes Geld vorwiesen, zeigte sich keiner beglückt. Der Mann war ein Grobian, die Frau eine Schlampe, und das Kind, das Kind war eine ganze Schlimme. Nein, daß ein so kleines Mädel so schlimm sein konnte. Alle Schiffer wunderten sich.

Daher kam es keinem recht von Herzen, wenn er jetzt der Kleinen sein Beileid sagen sollte, so traurig es auch war, daß ihr gleich nach der Mutter auch der Vater sterben mußte. In Zeuthen hatte der Schleppzug Anker geworfen, denn dort war Butenhof zu Hause, und dort wollte er auch begraben sein. Der Flußschiffer gehört unter seine Heimaterde, so wahr der Seemann auf dem Meeresgrund ruhen muß.

Und nun kamen die Schiffer und ihre Frauen vom Friedhof, über den Markt und die Fischertreppen hinab. Die Glocken läuteten noch, bis sie drunten waren an den wilden Gärten, den vom Baum zu Baum gespannten Netzen und ihren Schiffsstegen. Sie lobten alle den hohen Wasserstand, der es ermöglicht hatte, die Kähne unterhalb der Stadt festzumachen; denn mit den Beikähnen von der Fahrtrinne zum Ufer hinüberzurudern, das wäre im Trauerstaat eine unbequeme Sache gewesen.

Die dichtgedrängten schwarzen Kähne ähnelten selbst einem Trauerzug; das lag so in der ganzen schönen Begräbnisstimmung und hatte wenig mit Butenhofs Tode zu tun. Sein Schiff war wieder ganz am Ende angeschlossen, und vor dem langen, dunklen, rohen Bretterkahn stand Wilhelmine Butenhof am Ufer, was gänzlich unpassend war. Denn sie hätte sich dort nicht schon postieren können, wäre sie nicht in ihrem widerwärtigen Eigensinn von Vaters Grabe davongelaufen, dem Trauergeleit voran. So war das Kind eben; es begriff nicht einmal, daß es zu weinen hatte und sich auf dem Heimweg zum Kahn einigen Schifferfrauen anvertrauen mußte, die trostbereit neben dem Pastor warteten. Auf allen Kähnen fühlten die Frauen sich vor den Kopf gestoßen, weil die Butenhofsche Waise bis zur Landung in Zeuthen mit dem Toten auf ihrem Kahn geblieben war und nicht die Frauen auf den beiden Vorderkähnen gebeten hatte, bei ihnen übernachten zu dürfen. Die Kinder gruselten sich vor Wilhelmine, wie sie da so schwarz ihren Kahn anstarrte.

Das neue schwarze Kleid war etwas zu lang und der Trauerhut zu eng. Deshalb hatte Wilhelmine Butenhof ihn abgenommen und schüttelte ihre silberblonden Locken, als die Herren Schiffseigner und ihre Frauen und der Dampferkapitän selbst ihr kondolierten. Mit ihren braunen Augen blinzelte sie durch die dichten schwarzen Wimpern die Leute verschlagen an. Die Lippen hatte sie nach innen gepreßt, ihre Nasenflügel zitterten. Ihr Blick war kalt, der Mund hart.

»Was wirst du nun wohl machen?« nahmen die Schiffseigner und ihre Frauen und der Dampferkapitän selbst teil.

»Mit euch weiterfahren«, sagte das Kind mit seiner rauhen, häßlichen Stimme und drehte sich nach dem armseligen Kahn um.

Darüber waren sie dann alle sehr empört, als sie in Gruppen von mehreren Familien in den Kajüten um den Kaffeetisch saßen. Schadenfroh war das Mädchen, grob; so eine Antwort zu geben; man mußte ja noch froh sein, daß es an des Vaters Begräbnistag nicht noch unflätig geworden war wie sonst. Nicht einmal die Trauerkaffee-Einladung hatte es angenommen, obwohl es schon schlimm genug war, daß keine Leidtragenden von Butenhofscher Seite da waren, die heut die andern bewirten konnten.

Wilhelmine schlug die Klappe über der Kajütentreppe zu, dachte nicht mehr daran, daß sie eigentlich glühend gern Mittelpunkt eines Begräbniskaffees gewesen wäre, kletterte auf ihres Vaters Bett und schloß den kleinen Wandschrank über dem Kopfende auf. Dann breitete sie die dort hervorgesuchten Frachtverträge und die Quittungen und das Lohnbuch vom Steuermann auf dem Tisch aus, nachdem sie die Wachstuchdecke noch einmal abgewischt hatte. Aber der Steuermann meinte später, das ginge sie alles gar nichts an. Wilhelmine runzelte die Stirn, zog die Augenbrauen hoch und stieß mit dem Fuß gegen das Tischbein, immerzu.

»Und morgen wirst du abgehängt, hat der Kapitän gesagt«, schimpfte der Mann, »das bissel Ladung übernehmen die anderen Kähne, haben sie ausgemacht, und ich komme auf dem Kochale seinen Kahn«, freute er sich jetzt, und Wilhelmine atmete verächtlich durch die Nase.

Sie bearbeitete das Tischbein nicht weiter, sondern holte ihre tönerne Sparbüchse aus dem Küchenschrank an der Treppe, zerschlug sie und schob das Geld dem Steuermann hin.

»Sieh nach, ob's reicht. Nein«, strich sie das Geld wieder ein, »sieh lieber nach, daß du dir deinen Lohn vom Kapitän geben läßt, vom Rest meines Schleppgeldes. Bis Cosel war alles bezahlt.«

Natürlich hätte es Streit gegeben – denn mit Wilhelmine Butenhof gab es immer Streit –, wenn nicht vom Ufer her der Pastor gerufen hätte, welcher Kahn wohl dem lieben Verstorbenen gehöre. Er wollte das verwaiste Schifferkind besuchen, am Begräbnisnachmittag, der Seelsorge wegen. Da traf es sich ja gut, daß der Steuermann gerade bei dem kleinen Mädchen saß. Sonst hätte der Pastor einen schlechten Eindruck von den Schiffern bekommen und annehmen müssen, sie ließen die Waise allein.

»Dein Vater muß ein guter und frommer Mann gewesen sein«, setzte sich der Geistliche zu Wilhelmine, »in den letzten Krankheitstagen hat er sein Haus bestellt, fürsorglich an den Tod gedacht und deinetwegen an mich geschrieben.«

Wie man ein Haus bestellen sollte, wenn man auf seinem Kahn ans Sterben ging, konnte das Schifferkind nicht begreifen, und auch sonst mußte es sich wundern.

»Da staune ich bloß, daß der Vatel nicht an den Wirt vom ›Grünen Baum‹ geschrieben hat; der war doch sein bester Freund; mit dem hat er doch immer einen gehoben, wenn wir hier im Hafen lagen.«

Aber so sind Schiffer nun einmal. Wenns es ans Sterben geht und sie lassen ein mutterloses Kind zurück, mag die Mutter auch eine anerkannte Schlampe gewesen sein, dann schreiben sie nicht an den Hafengastwirt, sondern an den Pastor ihrer Heimat, auch wenn der neue Pastor noch ganz fremd dort ist. Einen Vormund sollte der Pastor ernennen; aber keinen von den Schiffern aus dem Schleppzug dieser letzten Fahrt.

Jetzt redete der Geistliche mit der Waise über die ernste Angelegenheit und balancierte danach auf dem Dampfersteg zum Kapitän hinüber, was sehr höflich und im Interesse des Kindes fürsorglich war. Morgen sollte sie zu ihm ins Pfarrhaus kommen, rief er Wilhelmine noch zu, die ihn ans Ufer begleitet hatte, damit er nicht länger bei ihr bleiben könne.

2. Der Vormund

Als dieser Morgen da war, luden die Männer vom Schleppzug die Fracht vom Kahn ›Helene‹ – so hieß die verstorbene junge Frau Butenhof samt ihrem alten Kahn –, warfen die Stahltrosse und das Verbindungstau aufs Deck, und der Steuermann stieß das Schiff mit dem großen Ruder, der Potsche, noch näher ans Land. Das Haltetau am Land wurde fester um den Uferpfahl gewickelt. Der Schornstein des Dampfers rauchte, die Schrauben warfen mit den ersten Drehungen hohe Wellen auf, die Schiffer standen jeder an seinem Steuer, die Bootsjungen zogen die Stangen ein, mit denen man in die Fahrtrinne zurückgelenkt hatte, und der Schleppzug glitt stromauf, an der hügeligen Fischerstadt vorbei, durch Wiesen und Pappeln und Weiden hindurch, die Sandbuhnen entlang. Der Kahn ›Helene‹ und Wilhelmine Butenhof blieben zurück, um einen Vormund zu erhalten.

Es wurde schon gesagt, daß der Pastor, der Wilhelmine den Vormund zu geben hatte, noch ein wenig fremd im Ort war und seine Gemein-

deglieder noch nicht so recht kannte. Da war das mit der Vormunds-
wahl natürlich schwierig. Aber wenn der Pastor Herrn Müßiggang
darum bat, das verantwortungsvolle Amt zu übernehmen, tat er wohl
weder einen Fehlgriff noch eine Fehlbitte. Denn, um es rundheraus
mitzuteilen, August Müßiggang hatte sich in der kurzen Zeit der
Pfarramtsführung durch den neuen Geistlichen als der frömmste Mann
der ganzen Gemeinde präsentiert. Er fehlte in keinem sonntäglichen
Hauptgottesdienst und in keiner Bibelstunde Mittwoch abends; er war
in den Beratungen der Gemeindevertretung von vornherein immer auf
Seiten des Pastors, und niemand in der zweitausend Seelen starken
Gemeinde konnte ihm auch nur das geringste nachsagen.

Das lag aber nur einfach daran, daß die ältesten Leute so allmählich
weggestorben waren. Ihnen hätte es vielleicht einfallen können, Herrn
Müßiggang so recht als Vorbild eines bekehrten, alten, argen Sünders
hinzustellen. Aber nun waren einmal die ältesten Zeuthener nicht mehr
da, und für die anderen mußte August Müßiggang als der frömmste
Mann längs und oberhalb des Hafens dastehen. Er verfügte über eine
kleine Rente und eine große Anspruchslosigkeit und harrte eines
kirchlichen Ehrenamtes; denn in der Gemeindevertretung gab es
schließlich noch sechsunddreißig andere Glieder neben ihm.

Die Übertragung der Wilhelmine Butenhofschen Vormundschaft direkt durch den neuen Pastor war natürlich eine Art kirchlichen Ehrenamtes. Er trat es an, und der neue Pastor hatte nichts mehr zu tun als
Wilhelmine dem Pflegevater zuzuführen. Die Angelegenheit wurde Gott
befohlen, und Wilhelmine Butenhof nahm darauf alles in eigene Hand.

Wer Vormund ist und sich Pflegevater nennen darf, hat vor dem
Gesetz eine schöne Anzahl wichtiger Rechte. Aber, nicht wahr, wer das
Geld hat, dem gehört natürlich die größere Macht. Und das war nun
gar keine Frage: Herrn Müßiggangs Rentenerträge konnten sich nicht
messen mit der seinem Mündel väterlicherseits hinterlassenen Brieftasche,
den beiden Portemonnaies, dem Sparbuch von der Zeuthener
Stadtsparkasse und der Schlesischen Schifferbank. Das erklärte sich
daraus, daß Herr Butenhof auf einen neuen Kahn gespart hatte und
vielleicht auch auf eine neue Frau; aber das war schließlich nicht so
wesentlich.

Um von vornherein für klare Verhältnisse zu sorgen, packte Wilhelmine die beiden Sparkassenbücher und die beiden Portemonnaies, die
Brieftasche und die mit Geld vermengten Scherben ihrer tönernen

Sparkasse in eine Einkaufstasche aus schwarzem Leder, hängte sie an ihren Arm und stellte sich mit ihrer gesamten Habe, abgesehen vom Kahn, bei ihrem Vormund ein. Sie hatte sich verhältnismäßig hübsch frisiert, eine saubere Schürze umgebunden – was sie ungern und nur bei festlichen Gelegenheiten tat – und kratzte sich mit der von keiner Tasche in Anspruch genommenen Hand unentwegt hinter dem Ohr. Das ging immer abwechselnd; jetzt trug sie die Tasche rechts und kratzte sich links, jetzt hing die Tasche in der linken Hand, und sie hatte es mit dem rechten Ohr. Aus alledem läßt sich ersehen, daß Wilhelmine ernst zumute war.

»Je, ja«, grunzte der alte Mann, und Wilhelmine Butenhof kniff die Augen zusammen, mißtrauisch und erwartungsvoll, und schlug dann ihre Lider auf und nieder, daß die langen, dunklen Wimpern bald an die stolzen Bogen der Augenbrauen streiften, bald die runden, zart durchbluteten Wangen trafen. Dann stieß sie mit dem Fuß auf. Nicht gerade unhöflich kommandierte sie: »Nun aber mal los.«

Damit war schließlich das erlösende Wort gesprochen, und man konnte verhandeln. Zu diesem Zweck setzte man sich auf das Ledersofa, und nachdem Wilhelmine eine Weile an den aufgeplatzten Stellen des Sitzpolsters herumgezupft hatte, stemmte sie die Hände auf beide Knie und blickte Herrn Müßiggang mit vorgeneigtem Kopfe herausfordernd an. Die Tasche hatte sie zwischen sich und den alten Mann, allerdings mehr auf sich zu, gestellt. Sie bewies wieder einmal ihre große Vorliebe dafür, in der Redeweise der Erwachsenen zu sprechen, was ihr auch vorzüglich gelang.

»Wenn ich jetzt bei Ihnen bleibe und so hier in der Stadt lebe, na, da werden wir wohl mit meiner Erbschaft bald fertig sein.«

Wilhelmine interessierte sich höchlichst für Herrn Müßiggangs zuge- laufene Katze, die seine Bettdecke zerzauste. Durch das Fenster über dem Bett sah Wilhelmine die Oder.

»Das wäre aber schlimm«, staunte der Vormund, und Wilhelmine nickte bekräftigend.

»Was ist denn das auch schließlich, so eine Tasche mit Geld«, zerrte sie an den Lederbügeln der Tasche und lehnte den Kopf seitlich zurück, »das ist nur dazu da, um immer weniger zu werden, sagte der Vatel, wenn er dem Steuermann die Löhnung auszahlte.«

»Tje, tje, tje, tje«, zwitscherte Herr Müßiggang durch seine letzten Zähne, und das silberne Lockengewudel nickte heftiger; außerdem schlugen Wilhelmines Absätze in regelmäßigem Takt aneinander; was sollte sie auch mit den Beinen anfangen, wenn sie noch nicht ganz vom Sofa bis zum Fußboden reichten.

»Da werden wir wohl den Kahn verkaufen müssen«, gab der Vormund zu bedenken und krimmerte sich mit dem ausgestreckten Zeigefinger unter der Nase.

Das Mündel ließ die Ledertasche los und brachte Herrn Müßiggangs gehäkeltes Chemisett in Ordnung; es war zur Weste herausgerutscht.

»Was das alte Ding schon bringen wird«, schob es die Unterlippe über die obere, so daß der rühmenswerte Amorbogen verschwand wie ein untergehendes Schiff.

»Meinst du?« erschrak der Mann.

Die Unterlippe blieb über der oberen, und die Wimpern hafteten auf den Wangen. Doch nun riß Wilhelmine die Augen munter auf, und das kleine Mundwerk stand nicht mehr still.

»Aber wenn wir den Kahn behalten und mit dem Kahn weiterfahren, solange er noch hält, dann können wir natürlich eine Menge herausholen.«

Es war Herrn Müßiggang angenehm zu hören, daß Wilhelmine, was die Besitzrechte auf den Kahn betraf, immer per »wir« redete. Von der Seite hatte er die Vormundschaft noch gar nicht angesehen. Aber als alter Mann mußte er selbstverständlich erst einmal widersprechen. Das wäre ja. Da könnte man ja. So eine Zumutung. Wo er vom ganzen Schifferhandwerk nichts verstehe.

Worauf Wilhelmine, das Mündel, bezaubernd lächelte: »Von welchem Handwerk verstehen Sie denn was?«

Jetzt lächelte der Vormund, abwehrend, verschwiegen und vielsagend, um sofort wieder ernst zu werden.

»Du bist ein gescheites Kind. Wir werden die ›Helene‹ verpachten.«

Wilhelmine nahm sich zusammen, den alten Mann nicht anzuschnauzen, wie sie es sonst gewiß getan hätte. Sie war entsetzt: »Nein, nein, das mit dem Verpachten geht nicht, ganz und gar nicht und ausgeschlossen. Die ›Helene‹ hat ihre Mucken, die nur der Vatel und ich und das Schindluder von Steuermann kennen. Und der Schweinekerl ist doch beim Kochale. Wenn die ›Helene‹ noch Geld bringen soll, dann muß ich schon selber auf dem Kahn sein.«

Sie packte die Tasche mit beiden Händen fest und ließ sie zwischen ihren Knien hin und her baumeln: »Mit Ihnen natürlich. Denn auf meinem Kahn sind Sie jetzt oberster Kapitän.«

Der Alte hielt den Zeigefinger unter der Nase still. Das war etwas.

»Und das ist etwas«, bestätigte Wilhelmine Butenhof nachdrücklich seine Gedanken.

»Werden Sie etwa ungern so auf dem Wasser 'rumfahren und nicht mehr fest wohnen?« wurde sie argwöhnisch. »Aber im Winter werden Sie ja immer hier sein«, beruhigte sie sich selbst und den Vormund.

»Oh, was das fahrende Leben betrifft«, strich jetzt der alte Mann zufrieden über sein Chemisett und tat sehr geheimnisvoll, »was das fahrende Leben betrifft –«

Wenn Wilhelmine Butenhof sich nicht sehr täuschte, so hatte der Vormund ein stolzes Lächeln zu verbergen. Sie klapperte mit den Wimpern, und Verschiedenes war ihr nicht ganz geheuer (trotzdem aber nicht ohne Verheißung).

»Und die Schule?« erkundigte sich Herr Müßiggang, und es schien ihm gar nicht recht zu sein, daß es dieses gefährliche Hindernis noch gab.

»Ja, nicht wahr, die Schule, verflucht und geschissen«, schimpfte der blonde Seraph, »aber Gott sei Dank nur im Winter, in der Schifferschule in Fürstenberg. Mit der Schule ist das für uns Schifferkinder schon alles so eingerichtet, daß wir wenigstens im Sommer –«

Sie zuckte ergebungsvoll die Achseln und flüsterte sanft: »Aber es dauert ja nicht mehr lange.«

»Im Winter müßten wir uns dann trennen?« wollte der Vormund wissen, und Wilhelmine erkannte daraus, daß der Handel geschlossen war.

»Aber die ›Helene‹ bleibt bei dir in Zeuthen«, billigte sie, zum Du übergehend, dem Alten zu, »hier im Hafen, daß du sie jeden Tag vom Fenster aus sehen kannst.«

»Ein schönes Schiff«, belog sich der Vormund aufseufzend, und Wilhelmine seufzte mit. Dabei drückte sie ihm ihre Tasche in die Hände, worauf er »Tochterle« zu ihr sagte und »nu, mein Herzerle«.

»Aber alles aufschreiben, was du mir gibst«, vergewisserte sich das Kind.

3. Verwandtschaft, Dampfer und Flittermäntel

Sie beschlossen, Kaffee zu kochen. Wilhelmine ging zum Bäcker oben am ›Schwarzen Berg‹, Propheten und Küsse holen; und weil die festliche Stimmung nach Gästen verlangte, sah sich August Müßiggang schnell einmal in der neugierigen Nachbarschaft nach seinem Großneffen um.

»Wir haben einen schönen Kahn«, flüsterte der Onkel bei dem Vesper dem Neffen zu, und Wilhelmine schubste den Jungen unter dem Tisch und kniff, am Propheten beißend, ein Auge zu. Er würde verstehen, daß der Alte schon ein bissel kindisch wurde, daß man ihm seinen schönen Glauben lassen mußte und daß sie die alleinige Schiffseignerin war, Schiffseignerin Wilhelmine Butenhof.

»Ich erbe mal Vatels Fleischerei«, setzte Müßiggangs Neffe sich ins rechte Licht; und dann gestand er ehrlich: »Aber ich möchte auch lieber auf die Oder.«

»Ich gestehe es frei und offen«, gebrauchte Wilhelmine eine von den Frauen aufgeschnappte Lieblingsredensart, »wenn du eine Fleischerei in der Stadt hast, dann gehörst du aufs Land.«

Als Schifferkind mußte sie ihn verweisen. Der fromme Vormund fiel auch gleich ein: »Bei dir ist das ganz was anderes als bei uns«; und dann begütigte er: »Du hast doch überhaupt deinen Dampfer, Michel.«

Wilhelmine wurde neidisch, neugierig, unruhig. Wie? Was? Einen Dampfer?

Michel lächelte, traurig und verlegen. Die Butenhof ließ nicht locker. So kam die ganze Geschichte heraus, wegen Onkels dummer Redensart. Aber schließlich hatten ja noch hundert andere Leute, ach, die ganze Stadt, von der merkwürdigen Freundschaft mit Fräulein Zerline Leitgöbel gewußt. Damals, als Michel noch sehr klein gewesen war, hatte es sich herumgesprochen, daß er sich einmal an jedem Tage den beschwerlichen Weg die Fischertreppe hinauf machte. Es lohnte ihm, weil droben im ersten Hause in der Richtung auf den Markt zu Fräulein Zerline ihr Schaufenster hatte, wenn man die kleine Scheibe so nennen will. Denn ein Dampfer stand darin mit einem goldenen Gitter, einem Anker und zwei Schornsteinen. Und der Rauch, der aus dem ersten aufstieg, war der Griff des Schlüssels für das Uhrwerk. Staunenswert war auch ein Puppentheater aus Pappe und Holz, mit einem Vorhang, grell bemalten Kulissen und einer knienden Genoveva auf der Bühne. (Daß die Kniende bestimmt Genoveva sei, erfuhr Michel erst später.)

Als Michel und Zerline noch nicht miteinander sprachen, hatte sich des Jungen Sehnsucht nach all den schönen Dingen einmal so unbezähmbar gesteigert, daß er sich ihnen näherbringen zu müssen glaubte. Er drückte seine Hände so heftig gegen das Fenster, daß Fräulein Zerline drinnen im Zimmer – es wurde in seinem vorderen Teil Spielwarenhandlung genannt – ein leichtes Knacken zu hören meinte. Dadurch lernten sie einander kennen.

Denn Fräulein Zerline kam heftig herausgestürzt: Groß, hager, den Rock wie einen Bausch von Falten um die mageren Hüften geschnürt, mit kurzem, dünnem, grauem Haar und leeren, kleinen, grauen Augen.

»Du Nichtsnutz«, begann sie zu schimpfen, »du willst wohl einer armen alten Frau noch Schaden zufügen?«

Bei Michel überwog das Erstaunen den Schrecken: »Ich habe gedacht, Sie wären reich. Wer so herrliche Dinge hat wie die Frau Zerline und sie immer behalten kann –«

»Ja, immer behalten«, erbitterte sich das Fräulein, »das ist eben das Schlimme. Niemand kauft einem in diesem gottverfluchten Nest etwas ab.«

Das war etwas viel auf einmal. Das Fräulein war gar nicht reich, und es sprach den Namen Gottes aus und fluchte dazu. Wirklich, das war aufregend. Denn Michel war ein stilles Kind, weil er so viel allein war. Drunten im letzten Haus an der Treppe hatte sein Vater eine kleine Hafenfleischerei und dazu in einer Kammer zwei Schränke voll alter Kleider zum Weiterverkaufen, und überall in der Kammer und Küche Flaschen und Tüten mit Eßware und dazu Pantoffeln. Mit all der Ware fuhr er immer, wenn Schleppzüge in der Fahrtrinne abends vor Anker gingen, die mit Sonnenaufgang weiter stromauf mußten, im Fischerboot an die Kähne heran. Sonst saß er im Gasthof, ach ja, auch im ›Grünen Baum‹, und ließ seinen Jungen unbeachtet.

Davon kommen die traurigen Augen, dachte das Fräulein barsch, aber die Wimpern, nein, sind die hübsch.

Und hübsch war auch das schmale Gesicht mit dem starken, roten Mund. Michels Körper aber war wie zu niedrig, halb demütig und ungeschickt, halb gedrungen und voller verhaltener, unerwachter Kräfte.

»Sieh dir nur wenigstens alles an, damit du mir nicht nächstens die Scheibe ganz einschlägst«, befahl Zerline und schob den Jungen vor sich her ins Haus, in die Stube, ans Fenster. Michel griff nach dem Dampfer. Was so besonderes an dem Blechding sei, konnte Fräulein Zerline nicht begreifen.

Aber Michel machte es ihr klar.

Der Dampfer arbeitete, leistete Gewaltiges. Allerdings durfte er nie in einer Schüssel fahren, denn er mußte neu und unversehrt bleiben für den Verkauf. Alles spielte sich brav im Trockenen ab, auf Fräuleins Tisch – das war der Fluß; auf dem Sofa – das war der Hafen; auf dem hochgetürmten, geglätteten Bett – das war das Meer. Wenn man ein wenig in die Kissen fuhr, das gab vielleicht einen Sturm. Da konnte der Dampfer seine Kraft erweisen. Der Dampfer hieß er. Das genügte.

Ein Herbsttag war noch einmal so lind, so licht, daß es Zerline und Michel nicht im Zimmer hielt. Sie nahmen den Dampfer mit vor die Tür. Nicht etwa, als hätten sie zum Hafen hinuntergehen und den Dampfer ein wenig ins Wasser setzen können, an einer Schnur um den Schornstein. Nein, das wäre kläglich gewesen. Und außerdem mußte er eben »neu bleiben«.

Auf der obersten Stufe der Fischertreppe standen Zerline und Michel, und das Fräulein kauerte sich tief neben den kleinen Jungen. Sie kniffen beide Augen zusammen, und tatsächlich, wenn Michel den Dampfer dicht vor ihre Gesichter hob und man blinzelte, dann sah es aus, als fahre er drunten unter sich färbenden Bäumen, in zarter Sonne und starkem, klarem Herbstwind auf zitterndem, strömendem Wasser.

Das gab Grund genug, zum erstenmal eine Festvorstellung auf dem Puppentheater zu veranstalten. Fräulein Zerline bestand darauf. Die ganze Geschichte von Genoveva spielte sie, und sie konnte es wundervoll.

»Das verstehst du, Theaterspielen«, sah Michel die Freundin mit großen Augen an. Da machte sie ihm ein Geständnis.

Im Schrank von Michels Vater sollte ein überaus prächtiger Flittermantel hängen. Des Pastors Schwägerin hatte ihn früher einmal getragen. Aber das war noch der alte Pastor. Es ist gar nicht auszudenken, welche Macht die Pastoren, die alten und die neuen, in den kleinen Städten noch haben; trotzdem es Antennen und Kinos und Autos überall und überall schon gibt. Das ändert gar nichts.

Des alten Pastors Schwägerin war sehr zu seinem Leidwesen Schauspielerin. Und einmal, als sie zu Besuch im Pfarrhaus war, hatte sie in Zeuthen eine Fee gespielt, im ›Schwarzen Adler‹, ganz umsonst, mit

Dilettanten, aus Wohltätigkeit. Dagegen vermochte auch der Pastor nichts zu sagen. Als die Schwägerin nach den Ferien wieder heimreiste in ihr Theater, ließ sie den Kindern des Pastors den Flittermantel zurück. Daß die Kinder damit spielten, wollte der Pastor ganz und gar nicht. Und weil er den Mantel niemand schenken konnte und er sich nicht verkaufen ließ, nein, mit Würde nicht, schickte er ihn zu Michels Großvater. Der Mantel hatte den Trödler nichts gekostet, aber er brachte ihm und seinem Sohn auch nie etwas. Doch weiterverschenken? Ware blieb Ware. Der Mantel hing im Trödlerschrank und war verloren für Fräulein Zerline, die in den letzten jungen Jahren ihres Lebens geträumt hatte, Schauspielerin zu werden und in solchem Flitterstaat über eine Bühne zu stolzieren und zu deklamieren wie des Pastors Schwägerin.

Michel wühlte daheim im Schrank, er rollte den Flitterschleier zusammen, steckte das Bündel unter den Arm und breitete es dann vor Fräulein Zerline aus. Das gab ein Entzücken! Sie stand vor dem schmalen, blinden Spiegel; sie raffte den Flittermantel um sich, sie steckte ihn in Falten, schlug ihn über die Schulter und zeigte es Michel einmal gründlich, wie sie als richtige Genoveva auf dem wirklichen Theater gesprochen und sich bewegt hätte.

Abends mußte der Flittermantel wieder unter dem Altkleiderkram hängen. Abends mußte Michel wieder in seinem kalten Bett liegen. Aber Tag um Tag, nach der Schule, pilgerte Michel hinauf zu seinem Dampfer und trug das Bündel von vergrautem Tüll mit glitzernden Steinchen zu Fräulein Zerline.

Jahrelang hatte Michels Vater nicht nach dem alten Theaterzeug gefragt. Nun geschah es doch, daß er davon redete: »... du bist keine Hilfe für deinen Vater wie die kleinen Jungen rings, die alle Fischerkähne teeren und die Netze flicken.« Michel hatte viel zu beschwören. Er arbeite auch. Er werde einmal etwas schaffen.

»Einmal, ich verstehe immer einmal«, schrie der Vater und ging zum Schrank, »in der Fleischerei kann ich dich nicht brauchen. Verkauf den Flitterdreck hier, und ich werde dir sagen, ob du etwas verdienen kannst.«

Er warf ihm den Knäuel zu. Von da an spürte Michel einen heftigen, einen schmerzhaften Druck in seinem Herzen, wenn Fräulein Zerline, die arm war und nur den Dampfer besaß und das Theater, den Mantel um sich hüllte oder ihn behutsam ausbreitete wie eine strahlende Erinnerung an ein Leben, das sie nie gelebt hatte.

»Sie spielen wieder einmal in der Stadt. Zur Wohltätigkeit, wie damals. Für Weihnachten«, redete sie aufgeregt zu Michel hinüber, »ganz wie damals.«

Michel schluckte an seinen Tränen. Der Vater hatte es ihm auch schon gesagt. Jetzt wäre die Gelegenheit. Jetzt hieße es beweisen. Und Michel bewies es, weil er den Vater traurig und vergrämt sah, denn der Fluß trieb schwere Eisschollen, die Kähne lagen in größeren Häfen als dem von Zeuthen, und niemand fragte nach Fleisch, Pantoffeln und alten Hosen.

Michel ging zu der Frau Rektor, die er aus der Schule kannte. Sie leitete den Verein, der »das Theater spielte«. Er verkaufte ihr den Flitterstaat für den Weihnachtsengel. Für eine Mark. Er schob es auf bis zum Sonnabend, dann wollte er dem Vater die Mark geben.

Nicht ganz am selben Tage, aber sehr nahe an ihm, machte droben Fräulein Zerline Leitgöbel ihr einziges Weihnachtsgeschäft. Etwas, etwas wurde endlich auch bei ihr geholt. Der Dampfer. Für des Bürgermeisters Jungen. Denn der Bürgermeister sagte immer: »Man muß am Ort kaufen.«

Am dritten Advent, am »Silbernen Sonntag«, wie man so sagt, war es, an dem das Fräulein in ihrem kleinen Laden verkaufte und nicht gefeiert hatte. Es brachte ihr, obwohl es polizeilich erlaubt war, keinen Segen. Michel hatte recht, recht, recht mit seinen Warnungen.

»Aber ich habe es ihm gesagt«, murmelte sie, mit roten Flecken auf ihren knochigen Backen, »ich habe es ihm immer gesagt: der Dampfer ist für den Verkauf.«

Sie wiederholte es noch immer, als Michel schon vor ihr stand – vor ihr stand, wie beladen mit Schmerz und Schuld. Dann faßten sie sich an den Händen und setzten sich nebeneinander aufs Sofa und redeten nicht mehr von der Sache.

»Es geht nicht«, stöhnte Fräulein Zerline, als sie am Abend verlassener war als sonst, »ich werde morgen zum Bürgermeister gehen. Entschuldigen werde ich mich. Ich werde sagen: der Dampfer war schon verkauft. Die Frau überm Flur hat mich vertreten und ihn verkauft, und ich habe es nicht gewußt.«

Der Herr Bürgermeister solle nur verzeihen; was recht sei, das wisse niemand besser als der Herr Bürgermeister.

»Sie brauchen doch heut den Flitterstaat nicht mehr«, ereiferte sich Michel vor der Frau Rektor, als wolle er einen ordentlichen Handel betreiben. »Die Vorstellung ist doch vorüber. Ich gebe Ihnen die Mark zurück, und Sie haben umsonst gehabt, was Sie brauchten.«

Das war eine zwingende Beweisführung. Geradezu angenehm war sie. »Aber ein schlechter Trödler«, schüttelte die Frau Rektor den Kopf, »macht erst ein Geschäft und zerschlägt es dann selbst.«

Der Fluß lag dunkel und starr in schmutzigem Schnee. Der Wind der Oderebene heulte über die Fischertreppe hin und riß ein paar Silbersterne aus dem Flitterkleid, das Michel unter dem Arm trug, als er die Treppe hinaufstapfte zum Fräulein.

Was sie bisher vermieden hatte aus Angst vor dem Spott der Leute – heut konnte es Zerline nicht lassen. Sie hielt Ausschau nach Michel. Den Dampfer hatte sie unter der Schürze. Aber nun hob sie ihn mit beiden Händen in die Höhe.

Michel sah es von drunten. Er hielt an und faltete sein Bündel auseinander. Er winkte mit dem Flittermantel wie mit einer schönen Fahne.

Es war nichts geworden mit dem Handel in Zeuthen. Aber niemals und nirgends haben Liebende sich ein größeres Geschenk gemacht.

4. Die Besatzung

Als ihm das kleine Mädchen so aufgeregt zuhörte, schien Michel seine alte Freundin Zerline gar nicht einmal mehr so ganz allein als liebenswert. Es war wunderschön, von seinem früheren Dampfer zu einem Mädchen reden zu dürfen, das einen richtigen Oderkahn besaß; ein wenig beschämend blieb es natürlich auch. Aber Wilhelmine nahm die Dampfergeschichte von Weihnachten sehr ernst, obwohl man hier an einem Sommernachmittag zusammensaß, an dem der Duft von frischgemähtem Heu und Fischen und trocknenden Netzen durch alle geöffneten Fenster drang.

»Ja, ja, die Dampfer«, murmelte sie sachverständig, »zu einem großen Dampfer wirst du ja so leicht nicht kommen. Aber aufs Wasser könntest du schon, trotz Vaters Fleischerei. Wenn er sowieso schon zu den Schleppzügen hinüberfährt, warum werdet ihr da nicht wirklich Marketender. Bloß so auf die Schleppzüge warten, die gerade vor Anker gehen, das ist gar nichts. Da könnt ihr nichts verdienen. Da braucht dich dein

Vatel nicht, kein bissel. Ihr müßt allen Schleppzügen entgegenfahren, auch denen, die nicht anlegen, und Fleisch und Bier und Gemüse 'raufbringen«, erleuchtete sie die Verständnislosigkeit des Jungen, »wie sie es oben hinter Ohlau und unten in Küstrin machen. Mit der Strömung laßt ihr euch entgegentreiben, sobald ihr nur den Rauch vom Dampfer über der Carolather Waldbiegung seht. Dann macht ihr euch, vom Dampfer angefangen, an jedem Kahn fest und verkauft. Bis ihr alle drangenommen habt, seid ihr gerade wieder bis an den Hafen gekommen, von den Kähnen gezogen, genau so mühelos wie 'runter zu.«

Der Onkel konnte nur staunen: »Nu hör mir bloß einer das kleine Tochterle – was die von der Oder alles weiß –, nu hör mir bloß einer das kleine Wichtel.«

Der Junge saß da wie in der Schule. Wilhelmines Worte gruben sich ihm tief ins Herz. Der Onkel war von dem Gedanken an das bestürmt, was ihm alles auf der Oder begegnen sollte.

Bis in die tiefe Nacht ging es ihm wirr im Kopf herum, und gleich früh, als er mit Wilhelmine den Kahn besichtigte, mußte er seine Ideen dem Mündel behutsam mitteilen: »Bis jetzt geht alles hübsch nach deinem Willen, möchte ich sprechen.«

Wilhelmine war für saubere Geschäfte auf Gegenseitigkeit.

»Was willst denn du, Onkel?«

Der Onkel Müßiggang wollte verschiedenes, aber mit einem Male wollte er nicht so recht mit der Sprache heraus. Bis er mit der Butenhof am Kajütentisch saß und sie ihm unablässig die Reste aus Vaters Kornflaschen, guten Breslauer Korn, eingoß; lauter Doppelstöckige im Wasserglas; und immer bei jedem dritten Glase des Vormundes kippte das kleine Mädchen einen stattlichen Schluck für sich in eine Kaffeetasse. Es war eine Obertasse, an der vorderen Seite mit zwei großen blauen Pflaumen bedruckt, und Wilhelmine fand sie immer sehr hübsch.

»Du trinkst?« wunderte sich der Alte; und der silberblonde Engel schloß die gekreuzten Arme um die Tasse, lehnte das Kinn auf die Tischplatte und hauchte mit seiner rauhen, tiefen Stimme: »Seelensgern.«

Die gemeinsame Vorliebe für Breslauer Korn ließ eine schöne Vertraulichkeit aufkommen. Der Vormund redete heiser und zusammenhanglos, in etwas unbestimmten Andeutungen, aber das Mündel begriff ihn mit vielen »Ahas« und »Hohos« vorzüglich.

Freilich, Platz wäre noch auf dem Kahn; außer für den Onkel, einen neuen Steuermann, einen neuen Bootsjungen und sie selbst.

Für wieviel Leute? Sicher für fünf.

Ja, einladen dürfe er auf den Kahn. Er hätte doch überhaupt anzugeben.

Ob auch sechs? Das wäre schon schwieriger.

Was ihr lieber sei? Doch, sie bliebe auch ganz gern allein, bloß mit dem Onkel und den Schiffsleuten, die man nun einmal brauche. Aber für das, was sie vorhätte, wären nun einmal ein paar ordentliche Kerle nötig.

Alles Weitere blieb wieder geheimnisvoll. Der Alte wagte nicht recht, sich zu äußern, in wessen Interesse er so beharrlich die Platzfrage auf dem Kahn erörtert hatte; und die Kleine mußte den Vormund erst noch viel besser kennenlernen, ehe sie ihn ganz zu ihrem Vertrauten machen konnte.

Infolgedessen mußte es so kommen, daß die ›Helene‹ nur mit Wilhelmine Butenhof, August Müßiggang, dem Steuermann Berthold Ohnesorge und dem Schiffsjungen Fordan auf die erste Fahrt unter dem neuen Regime ging. Herrn August Müßiggangs Großneffe Michel Burda wäre nur zu gern Bootsjunge auf dem Butenhofschen Kahn geworden, aber erstens wurde er laut neueren Erziehungsgrundsätzen doch in der väterlichen Fleischerei zum Wurstfüllen gebraucht; und zweitens regte sich die Müßiggangsche Nachbarschaft und Verwandtschaft gerade schon genug auf, daß dem alten Esel von Onkel und Vormund zu wohl wurde und er auf die Oder Kahn fahren ging.

Alle Vormundschaftsformalitäten waren erledigt.

Von Michel tief betrauert, lief die ›Helene‹ aus dem Zeuthener Hafen aus, zur Fahrt stromab. Denn so mitten auf der Tour fand man keinen Anschluß an einen Schleppzug und mußte deshalb zunächst einmal nach Stettin zurück.

Man steuerte und potschte zu vieren, zu vieren nahm man ein gründliches Großreinemachen auf der ganzen ›Helene‹ vor, vier Leute kochten gemeinsam am kleinen Herd, und abends schlief in der Kajüte am Heck der wilde Seraph, und in der Koje am Bug lagen längs der drei schmalen, winkligen Wände der alte, große, hagere Mann mit den munteren, dunklen Augen, der kleine, schmutzige Junge Fordan, braun, schön und diebisch wie ein Zigeuner, und Berthold Ohnesorge, der Steuermann, den die Schiffseignerin Wilhelmine Butenhof nie ohne seinen riesigen Strohhut aus gelbem und grünem Geflecht sah. Aber sie fand ihn auch so wegen der festen, weißen Zähne und der ein wenig schräg geschnittenen, kalten grauen Augen auf ihrem Schiff recht ordentlich anzusehen. Hochmütig war er, stark und so hübsch, daß unter Umständen zum mindesten von den Schifferfrauen im Schleppzuge keine Anpöbeleien zu erwarten waren.

Bei der Wahl des Steuermannes und des Bootsjungen hatten Vormund und Mündel sich so geeinigt, daß der Alte den ersteren, die Kleine den letzteren bestimmte. Und jedes war von dem Gedanken an sein Geheimnis geleitet, als es sich den nichts ahnenden Kumpan suchte.

Das Mädchen, der Junge und die beiden Männer paßten wirklich nicht übel zusammen, und nach der Ankunft in Stettin war Wilhelmine etwas traurig darüber, den Abend zum erstenmal wieder einsam verbringen zu müssen.

Ohnesorge, sehr glücklich, wieder einen Abend in einer Stadt zu sein, war im Sonntagsanzug allein losgegangen, und nun sah die Schiffseignerin ihren Steuermann doch ohne Strohhut und fand den braunen Scheitel unter der blauen Schildmütze nicht häßlich.

Der Vormund hatte den kleinen Fordan an die Hand genommen, um mit ihm einen Zirkus zu besuchen, und Wilhelmine hatte eben Trauer, und wenn man Trauer hat, muß man zu Hause, beziehungsweise auf dem Kahn bleiben. Das einzige, was einem an Lebensgenuß gestattet wurde, war, daß man sich auf das Deck setzen konnte.

Wilhelmine hatte keine große Vorliebe für das Bild des städtischen Hafens. Gewiß, die vielen Lichter waren schön, die tausend Lichter der zusammengedrängten Kähne. Aber sonst: die heulenden Sirenen, die starren Krane, die hohen, unheimlichen Brücken, die den Himmel verdunkelten und nur dann freundlicher wirkten, wenn eine helle Straßenbahn oder ein erleuchteter Fernzug über sie hinratterten. Gegen die unruhigen Leuchtschilder ›Hotel, Hotel, Hotel‹ im Dämmer der Uferstraßen empfand das Schifferkind eine ausgesprochene Abneigung. Und überall hatten sie hier das dumme Getue mit der Ostsee. Was hatte das alles mit der Oder zu tun. Mit den weiten Wiesen hinter Schwedt, den kargen Weinbergen von Tschicherzig und Grünberg, dem tiefen Oderwald und Carolaths Fliederschloß. Im Hafen war häßlicher Lärm; er machte die Kleine müde und verdrossen.

In ihrer Freude, überhaupt weiter auf der Oder leben zu dürfen, den Vormund so rasch herumbekommen zu haben und mit ihm in die Schiffsherrschaft sich teilen zu können, hatte Wilhelmine die Bangigkeit nach den Eltern sehr rasch verwunden und auch an alles andere, was sie ärgerte und bedrückte, nicht mehr gar so viel gedacht. Nur manchmal, wenn ihr Kahn an einem Schleppzug vorüberfuhr, war ihre gute Laune verflogen; und heut abend beschäftigten sie ausschließlich ihre alten Pläne und Gefühle.

Morgen, übermorgen, in dieser Woche mußte sich alles entscheiden. Denn lange würden die Schleppdampfer nicht frei im Hafen liegen. Der Wasserstand war noch immer gut. Wahrscheinlich war es besser, sie weihte den Vormund erst ein, wenn er seine Erfahrungen gesammelt hatte. Würde er ihr dann untreu werden und die Hände von der ganzen Schiffahrt lassen? Kalkulierte sie richtig, wenn sie annahm, daß der Alte schon viel zu sehr am Kahn ›Helene‹ hing, um von dem Hochmut der Dampferkapitäne, Prokuristen und Kollegen Schiffseigner nicht hart getroffen zu werden?

Alle erlittenen Demütigungen traten wieder klar in das Bewußtsein des Kindes. Die Vereinsamung, die Ausgeschlossenheit, in der sie sich mit ihren Eltern befunden hatte, waren Wilhelmine nun, wo es darum ging, Ladung und einen Platz im Schleppzug zu bekommen, von neuem gegenwärtig. Denn bei den Auftraggebern hatte es sich in all den Jahren selbstverständlich herumgesprochen, daß man von Butenhofs und ihrer ›Helene‹ unter Kapitänen und Schiffern nicht sehr viel hielt.

Ach, wenn der Vormund, der hochmütige Steuermann und der Bootsjunge Stange hielten – man sollte Wilhelmine Butenhof mit ihrer ›Helene‹ auf der ganzen Oder kennenlernen! Aber ihr wurde siedend heiß bei dem Gedanken, daß der Stolz Ohnesorges, die Freude Müßiggangs am Schiffahrtsleben und Fordans habgierige Gelüste nun bitter enttäuscht werden könnten und die drei Mannsbilder vielleicht doch in ihre Feinde verwandelt würden. Und sie brauchte Kumpane, Kumpane, Kumpane!

Denn nun ging es um die Rache an allen, die ihre Eltern beleidigt hatten und immer die ›Helene‹ abgehängt wissen wollten.

Wilhelmine Butenhof war auf einem Flusse und nicht auf See groß geworden. Deshalb spielte in ihren Überlegungen Piratenrache keine Rolle. Man konnte nicht auf einem Flusse hin und her vagabundieren, Überfälle machen, Menschen und Ware von Schiffen entführen. Das hätte gar nichts genutzt. Der Fluß war begrenzt durch Stettin und durch Cosel. Die kleinen, weißen Regierungsdampfer und die schwarzen Barkassen der Wasserpolizei sorgten für Ordnung. Die Städte und

Dörfer sahen auf die Oder. Mit Seeräuberfreiheit und -gefährlichkeit war es nichts.

Aber eine andere Möglichkeit bestand, dennoch als eine Art Flußräuber Rache zu nehmen. Wenn man lange genug mit den Schleppzügen fuhr, geachtet oder mißachtet, bekam man sehr wohl heraus, wo jeder Kahn beheimatet war. Die selbstsichersten und übermütigsten unter den Schiffseignern besaßen dort, wo der Herkunftsort des Kahnes war, ein Haus für den Winter, sei es an einem kleinstädtischen Hafen, sei es in einem Fischerdorf. Manchmal war es auch ein Rasengarten mit Netzen oder eine kleine Landwirtschaft, ganz nahe am Fluß, die des Schiffers Eltern oder ein Bruder oder ein Schwager betreuten. Auf diese Besitztümer der Schiffer auf den Oderufern hatte Wilhelmine Butenhof es abgesehen.

Eine kleine Schar von handfesten Männern sollte ihr auf ihrem Kahn unbedingt ergeben sein. Mit denen wollte sie nachts im Beiboot von der ›Helene‹ wegstoßen und die Schiffergärten und ihre Hühnerställe ausplündern, die Netze verschleppen, die Heukähne an den Gehöften losmachen. Es sollte Unfrieden und Wehklagen, gegenseitige Verdächtigung und völlige Verwirrung über der ganzen Oder herrschen.

So verlangte es Wilhelmine Butenhof, als sie am Bug ihres Kahnes hockte und abfällig über das abendliche Bild des großen Hafens urteilte.

5. Die Hafenschlacht

Das lernte der Vormund ja nun gründlich kennen, wie man abgewiesen wurde, wenn man sich um Ladung bewarb. Das Geschäft war immer in den Hafenbüros abzuschließen. Wilhelmine begleitete den Vormund auf seinen Gängen, verhielt sich auffallend still und bescheiden und tobte erst in der gewohnten Weise los, wenn eine Unternehmung schon gescheitert war und man sich anschicken mußte, das jeweilige Büro unverrichteterdinge zu verlassen. Wenn einer der Herren, hinter dem Schreibtisch nach Ablehnung des Müßiggang-Butenhofschen Angebotes noch ein überflüssiges Wort sagte, überflüssig nach Wilhelmine Butenhofs Ermessen, brach es los.

»Wie? Was? Vielleicht noch etwas?« fuhr die Kleine dann wütend herum, riß sich von der Hand des alten Mannes los, ballte die Fäuste gegen das ganze Büro, und die Schimpfworte überstürzten sich: »Wer will hier noch –? Verdammte Blödiane!«

Damit war sie meist draußen. Aber die geschäftlichen Beziehungen mit dem Handelskontor für Kohle, Holz, Öl, rohen Zucker, das man gerade verließ, waren dann auch für alle Zukunft abgebrochen. Ja, auch auf die Kontore für Öl und Petroleum schleppte Wilhelmine den Onkel; denn es wäre ihr nicht darauf angekommen, ihren Kahn auf flüssige Fracht umzubauen, wenn der Auftrag lohnte. Schon um die anderen Schiffer zu ärgern. Endlich war der Schiffsfrachtbrief für eine Kohlenladung abgeschlossen.

»Macht zwar den Kahn sehr dreckig, aber immerhin«, belehrte sie Herrn Müßiggang. »Und nun geht der Tanz mit den Dampfern los.«

Ein Tanz mit Dampfern konnte für einen alten Mann von vornherein nichts Bekömmliches sein.

»Schleppgeld könnten wir schon noch gebrauchen«, zögerte der eine Kapitän, dessen Frau ein Gasthaus im Schifferdorfe Költsch führte, Wilhelmine hatte es sich von früher gut gemerkt, »aber wir sind voll. Nicht ein Beiboot kann mehr dran. Die Gesellschaft fährt doch bloß noch mit der halben Dampferzahl.«

Und so ging es immer weiter, bis man sich endlich als letzter unter sieben Kähnen von einem alten Raddampfer ins Schlepptau nehmen lassen konnte. August Müßiggang hatte, als der Schleppzug zusammengestellt wurde, sehr wohl die unfreundlichen Bemerkungen über die ›Helene‹, Wilhelmine und sich selbst wahrgenommen; er hatte es zu spüren bekommen, daß man ihn selbst als alten Außenseiter überhaupt nicht beachtete. Das verbitterte ihn ziemlich in seiner ganzen Freude an dem neuen Beruf. Aber es verband ihn seinem Mündel um so mehr.

Am Abend vor der Abfahrt brachte Wilhelmine in ihrer Ledertasche und einem Einkaufskorb vier Blumentöpfe zum Hafen hinunter. Sie hatte von einem Tischler ein quadratisches Blumenbrett auf dem Heck ihres Kahnes anbringen lassen, und nun wollte sie es dort trotz der Kohlen, ihres Ärgers und ihrer düsteren, verwegenen Gedanken etwas hübsch machen; der Kahn sollte ein bißchen nett aussehen. Aber noch auf den letzten Stufen der Hafentreppe mußte sie Tasche und Korb niedersetzen; sie rannte zur ›Helene‹; fraglos war vor ihrem Kahn eine Keilerei im Gange.

Ohnesorge, der hochmütige Steuermann, hatte sich die frechen, höhnischen Zurufe nicht so geduldig gefallen lassen wie der Alte. Mit drei, vier rüden Kerlen lag der Steuermann im Handgemenge, und es mußte ein wilder Kampf sein, denn Ohnesorges großer Strohhut war in weitem Bogen zur Seite geflogen, und den einzigen Beistand erhielt der Steuermann in seiner bedrängten Lage allein durch den flinken Bootsjungen, der mit rasender Schnelligkeit einen der Angreifer – es muß schon gesagt sein – durch die dünnen Leinenhosen in den Hintern biß. Das veranlaßte Wilhelmine, den schönen Strohhut aufzuheben, ihn über die Locken zu stülpen und zu Korb und Tasche zurückzurennen. Sie behängte sich mit ihnen rechts und links, und dann stieß sie Ohnesorges Feinden blaue Flecken an Schenkel und Arme, indem sie immer seitlich – bald mit dem Korb, bald mit der Tasche – gegen sie anstürmte. Dabei bezog sie ein paar Ohrfeigen, trotz des abwehrenden großen Hutes, und ihre Blumentöpfe wurden ihr zerschlagen. Das war schlimm.

Der Alte schrie hilflos vom Steg her nach dem Kinde. Der Hafenpolizist trennte den unentwirrbaren Knäuel von Männern, Junge und Mädchen. Wilhelmine suchte sich die geknickten Pelargonienstiele zusammen und konnte es sich nicht versagen, den verdammten Bengeln von den Nachbarkähnen große Blumentopfscherben nachzuwerfen, was der Polizist zum Glück nicht mehr sah. Der Hut hing Wilhelmine im Gesicht.

Über die zerbrochenen Töpfe verlor sie kein Wort. Den beiden Männern und dem Bootsjungen rief sie nur zu, sie wollten heut alle zusammen Abendbrot essen. Als sie – übrigens neugekauften – Kümmel in Tassen und Wassergläser einschenkte, erkundigte sie sich aufgeregt, was man in aller Welt an ihren Leuten auszusetzen habe. Und in der Betonung, mit der sie das von »ihren Leuten« sagte, lag eine herbe Zärtlichkeit.

Die kriegerische Stimmung des Abends schien ihr nicht ungeeignet, mit ihren Absichten herauszurücken. Jetzt, vielleicht nur jetzt, konnte es gewagt sein.

»Das sind aber Pläne«, lehnte sich der Vormund auf seinem Stuhl zurück, daß er an die Kajütenwand anstieß. Der Steuermann pfiff langgezogen, stand auf, steckte die Hände in die Hosentasche und schob sich, da er in der engen Kajüte nicht auf und ab gehen konnte, zwischen den vier Stühlen hindurch, guckte in die Küche und schloß die obere Tür. Brauchte ja niemand etwas zu hören; für alle Fälle. Der Junge schlug vergnügt und mehrmals mit beiden Fäusten auf den Tisch, und Wilhelmine lächelte liebenswürdig, was sie selten tat eigentlich nie.

»Dazu sind ein paar Kerle nötig, die nichts mehr zu verlieren haben«, äußerte sich Onkel Müßiggang zum zweitenmal, und Wilhelmine erinnerte sich an seine Erörterungen über die Platzfrage auf der Butenhofschen ›Helene‹. Sie bemerkte, daß der Vormund an des Steuermanns Hemdsärmel herumzupfte und ihn langsam nach oben rollte. Ohnesorge lächelte dazu, kniff die schiefen Augenwinkel ein und blickte fest und kühl auf die Erbin des Kahnes.

»Es brauchen ja nicht unbedingt alles perfekt gelernte Schiffer zu sein«, lautete ein weiterer Ausspruch des Onkels; das Schifferkind fand aber wenig Gefallen daran.

»Ohnesorge Berthold ist nämlich auch nicht immer Steuermann gewesen.«

Der junge Mann zeigte sein schönes Gebiß und nestelte jetzt selbst an seinem Hemdsärmel.

»... und gerade deshalb habe ich ihn mir ausgesucht. Früherer Kollege«, fiel das entscheidende Wort Herrn Müßiggangs.

Der nackte Oberarm wies klar und lief tätowiert einen jungen Athleten auf, der zwei Damen auf einem Brett in die Luft stemmte. »Kraftakt Berthold«, konnte man in den blauen Verzierungen der braunen Haut lesen und daneben noch mehrere B. O. auffinden. Berthold Ohnesorge. Der tätowierte Herr bewies auch eine auffallende Ähnlichkeit: geschlitzte Augen.

Zunächst gab Wilhelmine keine Antwort. Dann fragte sie: »Na, und du, Onkel?«

Der entblößte ebenfalls seinen Oberarm. »Kraftakt August.« Mit drei Damen.

»Sohn meines Kollegen«, tippte Müßiggang mit dem Zeigefinger auf den jugendlichen Kraftakt.

»Unter den Artisten sind nämlich viele Herren sehr geschickt für die Schiffahrt«, überredete der Vormund sein Mündel zu etwas ganz Ungewissem. »Weil ich dir doch nun schon zum zweiten Male deinen Willen tu, mein Hundel, möcht' ich dich halt auch mal ganz gern um etwas Nettes bitten.«

Er wurde energisch: »Wir machen alles mit dir mit. Aber – es soll den arbeitslosen Kollegen gut dadurch gehen.«

»Vom Zirkus? Vom Rummelplatz? Alle erwerbslos?« schlug die junge Schiffseignerin ihr erschreckten Augen wieder riesengroß auf und sah sehr verständig aus.

Die Männer nickten beide.

»Kollegen von dir?« fragte Wilhelmine weiter, und ihre Faust sank auf Ohnesorges Achsel, »alle müssen stempeln?«

Und nun überstürzten sich die Freunde. Wie erst die Varietés auf den Hund gekommen wären. Dann der Zirkus. Und nun die »Reise«, der Rummelplatz. Und wie kein Mensch mehr etwas von den Artisten wissen wollte.

Wilhelmine sah bekümmert aus: »Niemand?«

Die Männer schüttelten unentwegt den Kopf.

»Auch von den hübschen Tieren nicht, die immer im Zirkus und in den Schaubuden waren? Von den Affen und den Ponypferdchen und den angezogenen Hunden auf dem Schützenfest?«

Das Kopfschütteln verstärkte sich beängstigend.

»Aber gelt, ihr bringt mir nicht zu viel Tiere auf den Kahn?« verlangte Wilhelmine Butenhof letzte Garantien.

Ob die Kollegen wenigstens ein bissel was von der Schiffahrt erlernen würden?

Alle; die meisten hier in der Gegend stammten ja aus den Schifferfamilien, weil die Kunst halt vom fahrenden Leben herkäme. Wenn man jetzt die Oder so zwei- bis dreimal 'rauf und 'runter »gemacht« haben würde, wären die geeigneten Leute sicher schon alle eingesammelt. Der Gura in Tschirne. Und der Lattersch in Kreidelwitz. Und der Winderlich in Deutsch-Nettkow.

Ob sie alle zusammen auch etwas zu leben haben würden, wenn es zu wenig Ladung gebe?

Nun, das sei doch gleich. Die meisten seien doch sowieso schon ausgesteuert.

Mit solchen Ausdrücken wußte das Kind sehr gut Bescheid.

»Und bei mir haben sie doch überhaupt die Räuberei«, stellte die Schiffseignerin fest und glich ihren Etat aus, »dafür sind ja die Kraftakte wirklich ganz gut. Wenn die Kraftakte bloß nicht zuviel essen.«

6. Feierabend

Aber außer August und Berthold kamen gar keine neuen Athleten mehr. Gura, der jüngste Sohn von Müßiggangs erstem Partner, war Schlangenmensch; allerdings schien er bereits ein wenig ungelenk geworden. Lattersch konnte zaubern und Parade machen; das war immer so verlangt worden: Zaubern und Parade machen, Rekommandieren zusammen. Und der Winderlich aus Deutsch-Nettkow war schon ein bißchen taperig, gab sich aber sehr elegant. Er war früher in einem Balanceakt mit Frau und Sohn Obermann gewesen. Die Frau schaffte es spielend, Gatte und Sohn tänzelnd über die Bühne zu tragen.

Der Steuermann und der Bootsjunge hatten für die Neuankömmlinge eine Art Laube, einen Verschlag auf dem Bug des Kahnes, zurechtgezimmert. Wilhelmine schimpfte fürchterlich, als die Schützlinge das nette Ding nicht in Ordnung hielten; und Gura, Lattersch und Winderlich bewiesen einen großen Respekt vor ihrer wilden Wohltäterin.

Mit ihren vielen alten Koffern taten sie etwas ängstlich. Sie merkten, die Schiffseignerin wollte ihrem reichlichen Gepäck nicht wohl.

»Der alte Lattersch ist am liederlichsten, Onkel, nimm den zu dir und hol dir noch den Winderlich dazu, zum Ausgleich, weil der Kerl so fein tut.« Wie er jemals Räuber werden sollte, war ihr unerklärlich.

»Fordan und Ohnesorge sollen mit dem Gura in die Laube aufs Deck«, räsonierte die Butenhof weiter.

Alles fügte sich und fand es anerkennenswert, daß die Kleine so auf Sauberkeit achtete. Es war gar nicht zu verstehen, daß der Kahn in so schlechten Ruf gekommen war.

So viel es auch zu schimpfen gab, fand Wilhelmine sich dennoch sehr häufig bei den Männern ein, um ihnen zuzuhören. Sie mußte wissen, mit wem sie es zu tun hatte und ihren Kahn teilte.

Lattersch, der Zauberer, war hager wie der Onkel, hatte aber nicht so muntere braune Augen, sondern blaue, die etwas unruhig hin und her gingen. Aber der Onkel erklärte ihr, das hätte nichts Schlimmes zu bedeuten. Es kam daher, daß er beim Rekommandieren vor der Schaubude immer nach rechts und links sprechen und das Publikum heranlocken mußte. Die Stimme des ehemaligen Rekommandeurs war noch heute, in fraglos geborstenem Zustand, mächtig, mächtig. Er machte viel zuviel Gebrauch von ihr und seiner gewandten Redeweise, wie er sich überhaupt gern in Positur setzte und sich immer betrug, als stände er vor einer großen Menge. Er fuchtelte mit den Armen herum, schüttelte seine große graue Scheitellocke, frisierte sich aufs künstlichste – aber Wilhelmine hatte den Eindruck, als würden seine Haare kaum jemals gewaschen. Der Verdacht war gerechtfertigt; denn Lattersch stieß sich auch nicht an dem Gegensatz, den seine leuchtend bunten Schlipse zu den zerfransten und vergrauten Stehkragen bildeten. Aber Späße konnte er einflechten, immer wenn ein Absatz seiner jeweiligen Rede zu Ende war, Späße – man hörte ordentlich eine ganze Volksmenge brüllen, obwohl seine Zuhörerschaft jetzt nur aus den wenigen Männern bestand, mit denen eine helle Knaben- und eine rauhe Mädchenstimme lachte.

Winderlich, der als Balanceakt mit Frau und Sohn gereist war, spielte den Kavalier der alten Schule und redete gern in zweideutigen Redensarten, wobei er die Asche seiner Zigarette mit großer Geste weit von sich weg in die Luft stipste. Seiner Frau war das ewige Herumtragen von Mann und Sohn eines Tages doch zuviel gewesen und hatte sich ihr so aufs Herz gelegt, daß gar nichts mehr aus ihr wurde und sie rapid hinschwand. Der Junge war inzwischen längst in einem anderen Beruf arbeitslos.

»Nun kann er sich nicht einmal mehr engagementsloser Artist nennen«, beurteilte der Vater die gesellschaftliche Lage seines Einzigen abfällig und klopfte, während er wiegend auf und ab promenierte, an seiner Zigarette herum.

»Sie werden sich ein bissel einen anderen Gang angewöhnen müssen auf unseren schmalen Brettern«, gab ihm die Kleine grollend zu verstehen, »sonst fliegen Sie links in die Kohlen oder rechts ins Wasser.«

Und er wippte lächelnd weiter.

»Zigarette auf die Wasserseite halten«, schrie die Schiffseignerin ihm nach, »bei den Kohlen wird nicht geraucht.«

Das sah er vollkommen ein, machte eine kurze Verbeugung und wechselte die Zigarette in die andere Hand hinüber, was Wilhelmine Butenhof mit einem »Fatzke, aber er folgt« quittierte.

Gura verbarg unter einzelnen schönen schwarzen Locken einige peinlich dünne Stellen seines Haarwuchses. Er war noch jung, ansehnlich, aber eine kleine Spur niederbeinig, was ihm sogar sehr zustatten gekommen war, wenn er früher als Schlangenmensch mit dem halben Rumpf durch die eigenen Beine kriechen mußte. In der unzerstörbaren

Hoffnung auf neue Engagements erklärte er vor jeder Mahlzeit, heut aber auf keinen Fall viel essen zu dürfen. Doch er nahm sich dann immer – ganz geistesabwesend – die schönsten Stücke und aß riesige Mengen von Kartoffeln hinterher. Fordan hatte es längst herausbekommen, daß er sich dann immer über einen Beutel mit Abführpulver hermachte, um das Vergehen gegen seine Schlankheit und Geschmeidigkeit wieder auszugleichen. Dagegen trainierte er nur sehr ungern; und das wäre doch das einzig richtige Mittel gewesen. Aber er war nun einmal trotz seines ständig aufgeregten Wesens faul und sanft; seine Aufgeregtheit tobte sich in überschwenglichen Ausdrücken aus. Die ›Helene‹ nannte er das schönste Schiff der Welt und Wilhelmine die gröbste Person, die ihm je begegnete. Das Kind war entzückt über diese üble Nachrede und benahm sich gegen den sanften Schlangenmenschen gern besonders schroff.

Aber wenn die schwarzen und blonden und grauen Männerköpfe alle dicht beieinander steckten und die ehemaligen Artisten ihre Erinnerungen austauschten, schnappte das Mädchen gar zu gern ein paar Brocken vom Gespräch auf. Was es nicht alles gab, wovon man gar keine Ahnung hatte; wohlklingende fremde Namen; unverständliche Fachausdrücke; abenteuerliche Redensarten; Komisches, Gefährliches und Geheimnisvolles.

Wilhelmine schien, so höflich sie behandelt wurde, überflüssig. Man ließ sie jederzeit zuhören, unterhielt sich weiter und kümmerte sich nicht sehr um sie.

Der Schiffsjunge Fordan war Feuer und Flamme für die Artisten. Er folgte ihnen auf Schritt und Tritt, hockte möglichst eng neben ihnen auf der Bordkante oder der Kajütenbank. Aber eines Abends warf man ihn recht eindeutig hinaus, und sobald Wilhelmine auftauchte, verstummte das Gespräch oder wurde ungeschickt mit zusammenhanglosen Phrasen in andere Bahnen gelenkt.

Die Kleine wurde verdrießlich und tobte los in groben, lächerlichen Flüchen. Sie drohte Faustpüffe und Fußtritte an, und zwar so heftig, so erbittert, daß die Männer, die erst belustigt gewesen waren, zum Schluß verlegen dreinschauten und betreten gestanden, sie hätten etwas für sie vor.

»Na, dann beeilt euch aber«, grollte die Kleine und gab sich noch einmal zufrieden, »sonst Feierabend.«

Sie zog mit der geballten Faust einen kühnen Strich durch die Luft zwischen sich und den Artisten.

»Nicht wahr, Onkel?« zupfte sie danach den Vormund am Ärmel, um ihm den Traum von seiner Autorität auf dem Kahn ›Helene‹ nicht zu zerstören.

Den Ausdruck »Feierabend« behielt Wilhelmine Butenhof von nun an bei als eine Art Punkt, Gedankenstrich oder Ausrufungszeichen in der Sprache. Er gefiel ihr besser als ein neuer Fluch, als die hübschesten Flüche, die sie sich laufend von ihrem Schiffsjungen zur Erweiterung ihrer früher erworbenen Kenntnisse beibringen ließ.

7. Blindekuh

Heut zum Feierabend wirst du ja staunen«, konnte sich der Onkel am Sonnabend morgen nicht beherrschen. Am Abend mußte Wilhelmine es sich gefallen lassen, daß sie mit einer Binde vor den Augen – wie beim Blindekuhspiel – aus ihrer Kajüte zur Laube auf dem Deck geführt wurde. Der Steuermann schob sie auf den nicht gerade sehr breiten Laufbrettern, wie sie längs der Kahnseiten führen, behutsam vor sich her. Es war gar nicht nötig. Wilhelmine Butenhof ging auf ihrem Schiff auch mit verbundenen Augen ganz sicher.

Am Bug wurde sie auf einen für sie bereitgehaltenen Bretterstuhl gedrückt. Man nahm ihr das Tuch von den Augen, und vor dem Kinde tat sich ein herrlicher Anblick auf. An allen vier Ecken der Laube waren an langen Stöcken Lampions angebracht. Der nüchterne Bretterverschlag war mit roten und blauen Tüchern drapiert, von denen eins sogar mit goldenen Flittersternen besetzt war. Das Mädchen mußte an den Theatermantel von Michels Freundin Zerline denken. Hier verhüllte der Flitterschleier den Eingang der Laube.

Außer dieser unerwarteten Pracht und dem Steuermann Ohnesorge, der seitlich hinter Wilhelmine stand, war nichts und niemand zu sehen. Bunt, fremd und verheißungsvoll glitt die strahlende Hütte an den Wiesen, Erlen und Weiden der Oderebene vorüber.

Der Steuermann klatschte dreimal in die Hände, Wilhelmine rückte auf ihrem Stuhl hin und her, fuhr sich mit beiden Händen in die Locken und blickte aufgeregt bald auf Ohnesorge, bald auf die Hütte. Aber die

Überraschung, die sich immer deutlicher ankündigte, kam aus einer ganz anderen Richtung.

Aus der Männerkoje war der Schiffsjunge Fordan die Kajütentreppe heraufgestiegen und ließ sich, eine Ziehharmonika schwenkend, auf der obersten Stufe nieder, nicht ohne in gänzlich ungewohnter Weise ein Taschentuch untergebreitet zu haben. Denn er trug einen schönen weißen Anzug mit einer breiten roten Schärpe, dazu Steuermanns Ohnesorge großen Strohhut, seitlich hochgeschlagen. Unter dem Hut war ein rotseidenes Tuch eng um seinen Kopf geknotet. Am rechten Ohr, unter der hochgebogenen Strohkrempe, klirrte ein runder, goldener Ohrring.

»Ein schönes Männlein«, nickte die Schiffseignerin ernsthaft, sich zu dem Steuermann zurücklehnend, »und wie das Männlein spielen kann.«

Der Umgang mit der Ziehharmonika (neben dem Bogenspucken über die Bordwand) war aber auch das erste gewesen, was Fordan von den Fertigkeiten der Schiffahrt mit Eifer erlernt hatte.

Bei den letzten, tiefen und unruhevollen Klängen seines Instrumentes wurde der glitzernde Vorhang der Laube beiseite geschoben, und Lattersch trat mit einer tiefen Verbeugung hervor.

»Wilhelmine zum Dank,
viel Jubel – nie Zank!«

deklamierte er, und die Butenhof stellte fest, daß er zu dieser Ansprache einen Frack angezogen, ein Gebiß in den zahnlosen Mund geschoben und seine ungewaschenen grauen Haare wellig gebrannt hatte. Ganz fremd war er ihr, fremd wie Fordan, fremd wie der Kahn; sie versank in staunendes Schweigen und fühlte nur ihr Herz schlagen und das Wasser an die dunklen Schiffswände pochen.

Der Steuermann steckte fünf Laternen rings um die Laube an. Lattersch zog einen silbernen Häkelbeutel aus jeder Hosentasche, legte sie auf einem bereitgehaltenen Tischchen mit Samttrotteln und Goldbeschlag vor sich hin und entnahm ihnen glatte weiße Kugeln; eine Mandel, als wären es Eier. Mit dem leidenschaftlichen Ausruf: »Erste Nummer: Rio Bellardi, Zauberkünste aus dem bloßen Handgelenk, zu Wasser und zu Lande!« begann er nun ein wildes Spiel. Alle Bälle kamen an die Reihe, allerdings nacheinander, immer zu dreien. Mit mehr Bällen schaffte es der Alte nicht mehr.

Wilhelmine blieb trotzdem der Mund offenstehen. Denn jeder der nicht allzu hoch gewirbelten Bälle war mit einem Buchstaben bemalt, und ihre Folge ergab eindeutig und unverkennbar: »Hurra, Wilhelmine!«, wozu eine Mandel Bälle gerade ausreichte. Darin bestand die Zauberei.

Fordans Harmonika fiel wieder brausend ein. Lattersch brannte ein bengalisches Feuer in zwei Farben ab, und in dem roten Schein hüpften Winderlich und Gura aus dem Zelt, in anliegendem Rosatrikot mit goldenen Badehosen. Winderlich kleidete sein Kostüm gar nicht gut, aber er hatte ja früher auch niemals in diesem Genre gearbeitet, und er sehnte sich heiß seine Frau und seinen Jungen herbei. Dann brauchte er nicht nur als gewissenhafter Aushelfer dazustehen oder besser, hervorzuhüpfen. Der schwarzhaarige Gura sah vorzüglich aus; von den dünnen Stellen seines Haarwuchses war nichts zu entdecken; er hatte heut auch wirklich keine Kartoffeln gegessen und sich lebhaft geschminkt. Ohnesorge streifte hinter Wilhelmines Rücken die Hose herunter, den Pullover über den Kopf und sprang, ebenfalls in Trikot und goldener Dreieckshose, zu den beiden Kollegen.

»Die drei Spanielos!« schrien sie gemeinsam; Ohnesorge tänzelte nach links, Gura nach rechts, und den älteren Herrn stemmten sie wie ein Brett in die Höhe; das schlug ja beinahe in sein Fach. Mit Kopf und Füßen sich anpressend, glitt Winderlich tiefer, so daß die drei Männer ein klares lateinisches ›H‹, den Anfangsbuchstaben des Kahnes ›Helene‹ bildeten. Dann ließ Winderlich sich graziös zur Erde sinken; Gura schlug über ihm eine Brücke, faltete sich mehrmals zusammen und blickte, den Kopf unter dem Hinterteil hervorsteckend, die Schiffseignerin Butenhof beifallheischend an.

Wilhelmine beugte sich tief herab, aber sie konnte sich nicht genügend damit beschäftigen, das Rätsel von Guras unheimlichen Verschlingungen zu lösen. Ohnesorge und Winderlich begannen einen Ringkampf, was von Seiten des feinen Herrn Winderlich sehr leichtsinnig war. Aber der Kampf gelangte dadurch zu einem guten Ende, daß der Onkel als Indianer verkleidet aus der Laube stürzte (wie hatten die Männer nur alle Platz in ihr gehabt!), beide ohne Anstrengung zu Boden streckte (was aber vereinbart war) und sich auf ihrem Rücken postierte, um nun auch noch ein riesiges Gewicht in die Höhe zu stemmen. Zur Belohnung hob dann der Steuermann den Onkel mitsamt dem Gewicht über sich hinaus, und Winderlich begleitete die Szene mit vornehmen Bewegungen.

Wilhelmine atmete schwer, die Männer klatschten sich gegenseitig Beifall, die Lampions und die Laternen flackerten, die Oder schwand im Dunkel der einbrechenden Nacht, und Fordans Harmonikaspiel nahm kein Ende mehr.

Da kam es auch über das Kind. Es wollte sich beteiligen, einen Tanz darbieten; und die Männer fanden alle, daß es eine reizende Aufführung wäre, wie das tanzende, pausbackige, derbe kleine Mädchen mit seiner ernsten Miene schwärmerisch mit beiden Armen in Höhen und Weiten zu greifen, mit seinen Füßen aber auf den Boden zu stampfen schien. Eigentlich handelte es sich um einen Reigentanz; Wilhelmine hatte ihn in der Fürstenberger Winterschule für die Schifferkinder gelernt, und sie mußte ihn zu der solistischen Aufführung selbständig etwas umwandeln, was ihr nach Meinung der Artisten vortrefflich gelang. Sie applaudierten alle begeistert, als Wilhelmine ihren Tanz mit einem wilden Wirbel schloß und mit ihrer rauhen Stimme atemlos sang:

>   »Mein kleines Bäuchlein, freue dich;
>   was ich verdiene, ist für dich.«

Als die Männer sie bewunderten, erklärte sie, ganz außer Fassung, ihre Großmuttel sei auch immer so fidel gewesen. »Viel Vergnügen« hatte sie der Familie Butenhof gewünscht, als sie am Verscheiden war.

Es wäre ein vollendet glücklicher Abend geworden, hätte der Schleppzug nicht wieder sein feindliches Treiben entfaltet. Ein ohrenbetäubendes Quietschen von sinnlos zusammengedrückten und auseinandergezerrten Harmonikas setzte ein. Die Schiffer von den beiden nebeneinander gekoppelten Vorderkähnen hatten sich zusammengerottet, warfen Kartoffelschalen und alte, vertrocknete Mohrrüben aufs Deck der ›Helene‹, verbaten sich die Helligkeit und den Lärm, bei dem kein Mensch schlafen könne, und erkundigten sich, ob die Butenhof Wilhelmine nun total übergeschnappt wäre und was das ganze Zirkusgesindel eigentlich im Schleppzug zu suchen habe.

Der Vormund murmelte vor sich hin: »So eine Menschheit – so eine Menschheit!« und wischte sich mit dem Zeigefinger in den Augenwinkeln herum. Lattersch versuchte nach Jongleurart die dürren Mohrrüben wieder zurückzuwerfen, und Fordan reichte sie ihm zu. Der Steuermann und sogar der bequeme Gura machten alle möglichen Anstalten, auf dem Wege über das große Steuer und das Beiboot auf die Vorderkähne zu klettern. Gura rief immerzu, daß dies das Aufregendste sei, was er je erlebt habe; und der gemessene Herr Winderlich suchte in all den Lärm hinein weltmännisch zu verhandeln und steckte sich überlegen eine Zigarette an.

»Schnickt sie feste«, schrie die Kleine dem Steuermann und dem Schlangenmenschen zu, »schnickt sie in ihre dreckige Fresse.«

Daraufhin verstärkte sich der Rüben- und Kartoffelhagel, und der Onkel ließ die Arme sinken, indem er verzweifelt mahnte: »Ihr könnt doch nicht so ein kleines Mäderle mit Kartoffeln schmeißen – was macht ihr denn mit dem Kindel –«

Das Kindel half sich selbst. Ja, es schien, als verteidige in allererster Linie Wilhelmine ihren Kahn und seine ganze Besatzung. Sie hatte den Kohlenberg in der Tiefe des Schiffsrumpfes erklommen und schleuderte die kleinen Stücke, die zersplittert auf den großen Blöcken lagen, in hohem Bogen über Bord auf das feindliche Deck, daß drüben die Männer fluchend und die neugierigen Frauen kreischend auseinander stoben.

Ihre eigenen Leute beruhigte die Kleine; aber unentwegt schmiß sie Kohle und schrie mit kohlschwarzem Gesicht (die Locken hingen ihr wirr in die Augen): »Scheißkerle ihr – ihr feigen Armleuchter, ihr dort drüben –«

Der Bootsjunge in Strohhut und Schärpe schwang ihr die Laterne.

»Immer habt ihr mir eins auszuwischen – meinem Kahn – meinem schönen Zirkus – meinen Männern hier – Fordan, wirf du auf die Lergen – ich treff nicht so gut.«

Sie riß ihrem Helfer die Laterne aus der Hand und schwenkte sie hoch durch die Luft, daß die Kerze erlosch; und damit war der Kampf beendet. Den Onkel wurmte es sehr, daß man ihm vorgeworfen hatte, er sei kein richtiger Schiffer, und daß sie die ›Helene‹ einen erbärmlichen Kahn genannt hatten.

8. Hannchen

Das Mädchen, der Junge und die Männer hockten noch lange vor Wilhelmines Kajüte am Heck. Die Erregung hatte sich gelegt, der

Schleppzug ging für die Nacht vor Anker, die lange, in den Biegungen des Flusses sich windende Lichterreihe der Kähne zitterte im Wasser, und man entsann sich wieder, daß es eigentlich ein sehr schöner Abend gewesen war.

»Bloß so ganz ohne Tiernummer ist es nichts Richtiges«, blieb der Vormund bedrückt.

»Wenn das die Emma mit ihrer Hannchen noch hätte mitmachen können«, wurde auch Lattersch gerührt und dachte an seine Frau, ihre Nummer und das Pony Hannchen.

»Wo hast du denn die Hannchen untergestellt?« erkundigte sich Müßiggang bei Lattersch und erhielt den Bescheid, daß sein Pony im Stall der Schwägerin im Dorfe Alte Fähre –

»Wir wollen gar nicht darüber reden«, seufzte der Witwer, der im allgemeinen nicht so viel von seiner seligen Frau redete wie Winderlich. Er hatte ja auch nicht mit ihr zusammen gearbeitet.

»Wo das Tierdel so hübsche Stückel konnte«, jammerte der Vormund, »solche hübsche Stückel: rechnen, die Schönste suchen und mit der Schnauze auf den Glocken ›Ach, des Sommers letzte Rose‹ spielen.«

Alle Artisten waren sich darüber einig, daß die kleine Hannchen ein einzigartiges Zirkuspferd war und daß es kein schlimmeres Los für sie geben konnte, als in einem Bauernstall im Dorfe Alte Fähre ihr applausloses Ende zu erwarten.

Wilhelmine wischte sich mit dem nackten Unterarm noch immer den Kohlenstaub aus dem Gesicht und beteiligte sich an dem Gespräch: »Wenn ihr meint, daß man noch einen Stall für Hannchen auf dem Kahn zurechtzimmern kann, ich würde ja ganz gern –« Und nun nahmen sie die Männer einer um den anderen auf den Schoß, und Fordan klopfte sie auf beide Schultern und versuchte zu wiehern.

Das veranlaßte die Spitzhunde auf den anderen Kähnen, in die Nacht hinein zu kläffen, und Wilhelmine dachte mit Stolz an die Zukunft, in der sie allen Kähnen voraus ein Pferd auf Deck haben würde, ein Pony, das mit seiner weichen, warmen Schnauze ›Ach, des Sommers letzte Rose‹ auf silbernen Glocken spielen konnte.

»Wird denn die Hannchen bei uns genug Auslauf haben?« grämte sich die Schiffseignerin noch. Denn der Auslauf war immer die große Schwierigkeit für die Hühner, die man sich auf fast allen Kähnen hielt.

»Die Hannchen?« warf Lattersch sich in die Brust und strich über die Seidenaufschläge seines Zaubererfrackes, »die Hannchen ist ein sehr künstliches Pferd. Die läuft dir die schmalen Stege lang, daß es nur so raucht!«

»Und außerdem«, fiel der Onkel ein, »braucht sie nicht mehr so viel. Sie ist schon ein bissel alt.«

* *
*

Hannchen lief die Stege rechts und links an den Bordseiten lang, behutsam und geziert Huf vor Huf setzend, von Wilhelmine mit rührender Sorgfalt an kurzer Leine geführt. Das Kind ging rückwärts voran und zog das Pferd mit beiden Händen hinter sich her. Herrn Winderlich jagte sie grob vom Brett zurück. Seit Hannchens Ankunft fühlte er sich nicht mehr wohl. Bis dahin hatte er in der Illusion gelebt, als berühmter Artist auf Amerikatournee unterwegs zu sein; die schmalen Bretter um den Laderaum waren ihm Promenadendecks; daher kam das vornehme Getue mit der Zigarette und der auffallende Gang.

»Es folgt ihr«, atmete der Onkel auf, der mit Lattersch vom Heck aus die Manöver mit dem Pony beobachtete, »ich hatte schon Angst.«

Der alte Kamerad flüsterte ebenfalls: »Ich weiß schon. Die Hannchen ist immer ein bissel böse gewesen.«

Wie konnte ein so schwarzes, altes Pferd auch nicht böse sein. Es sprach sich unter den Männer, die von den beiden Alten eingeweiht worden waren, bald herum. Aber Wilhelmine war beseligt, ein böses, gerade ein böses Pferd bei sich zu haben. Hannchen gehörte zu den kleinen, struppigen Russenpferdchen mit langem Fell, dicken Schenkeln und breitem, störrischem Schädel. Die großen, dummen Augen waren schon ein wenig trübe und die langen Zähne bereits etwas gelb. Außerdem hatte Hannchen die häßliche Angewohnheit, von den Händen ihrer bevorzugten Freunde mit den Lippen behutsam ein Stück Zucker zu nehmen und dann heimtückisch nach den freundlich hingehaltenen Fingern zu schnappen.

Die Butenhof aber schätzte Hannchens Charakter außerordentlich. Sie sprach den Namen Hannchen mit solcher Zärtlichkeit aus, wie sie nie von und zu einem Wesen geredet hatte. Nur wenn sie etwas von ihrem Kahn sagte, war manchmal diese Wärme in ihrer Stimme.

Fürs erste war jedenfalls der Kahn vortrefflich eingeteilt: Am Bug hausten in Koje und Laube die Männer mit dem Jungen, am Heck lag

Wilhelmines Kajüte und ihrer schrägen Klapptür gegenüber der Bretterstall des kleinen Pferdes.

Fast jeden Tag bat die Kleine die Männer, für sie mitzukochen, was sie sonst immer selbst erledigt hatte. Doch nun hatte sie keine Zeit mehr für ihre Küche. Alle Stunden, in denen Hannchen nicht im Verschlag neben Wilhelmines Kajüteneingang in der dünnen Strohschicht scharrte, verbrachte das Kind mit dem Pony und suchte ihm alle seine früheren Kunststücke wieder zu entlocken. Lattersch und Müßiggang verfolgten auch das aufmerksam von dem erhöhten Steuerplatz aus und waren guter Dinge. Wer weiß, was nicht noch alles werden mochte.

Das Kind machte den Vorschlag zuerst: ob man nicht noch einmal eine so wunderbare Vorstellung veranstalten wollte, diesmal mit Hannchen als Hauptnummer.

Die beiden Alten blinzelten sich listig zu und kauften bei jedem Hafenaufenthalt ein paar neue Glocken. Man mußte sie geradezu für närrisch halten. Alle auf dem Kahn ›Helene‹ hatten nur noch an die neue Vorstellung zu denken, konnten allein von ihr reden. Das Pony witterte etwas von Auftrittsstimmung, warf seine Mähne zurück und hielt den dicken struppigen Kopf ganz still, als wartete es darauf, daß ihm Federbüsche und mit Goldknöpfen verzierte rote Lederzäume umgebunden würden.

Wilhelmine Butenhof sollte darüber vergessen, daß sie die Kraftakte und Schlangenmenschen eigentlich zu einer anderen Nummer hatte verwenden wollen. Nein, nichts mehr von Rache und Raub, obwohl Wilhelmines Leute doch nun inzwischen hatten einsehen müssen, daß dergleichen gar nicht unangebracht wäre.

»Der Onkel ist schuld daran«, stellte Wilhelmine bei sich fest, »die alten Leute verderben einem immer alles mit ihrer Vergnügungssucht.«

Nur der flinke, kleine Fordan blieb etwas ernster zu nehmen. Er klaute manchmal ein wenig auf eigene Faust und mit sicherer Hand. Der schwarze Gura war ihm bei körperlich schwierig durchführbaren Unternehmungen behilflich, allerdings nur nach tausend Einwänden, die weniger seiner Moral als seiner Bequemlichkeit entsprangen.

Die Schiffseignerin jedoch erfuhr nichts davon. Fordans Absichten hatten wenig mit ihren Vergeltungsplänen zu tun. Er lieferte bloß so ganz private, harmlose Stehlereien, niemand zu Leide und nur seiner eigenen Geschmeidigkeit und Habgier zur Freude.

9. Beobachter an der Oder

Wilhelmine kam bald zur Besinnung. Der Zeuthener ›Beobachter an der Oder‹ hatte sie zur Vernunft gebracht. Das war die Zeitung aus der Heimat der Eltern und des Vormunds. Sie erschien wöchentlich dreimal und wurde in dicken Rollen an die Schiffseignerin Wilhelmine Butenhof gesandt, sobald der Kahn ›Helene‹, Gott sei's geklagt, wieder einen festen Platz hatte.

Der Vormund hatte das Kind sehr gelobt, daß es das Abonnement der Eltern aufrechterhielt; für die Mitbenützung der Zeitung gab er Wilhelmine nichts dazu.

So ungern die Kleine schrieb, hatte sie sich doch dazu entschlossen, nach der Beerdigung des Vaters in Zeuthen selbst eine Karte an ›Dorns Buchdruckerei und Zeitung‹ zu kritzeln. Besser, sie ging nicht selbst zu Herrn Dorn. Vielleicht wußte er nicht so ganz genau, wie alt sie war. Vielleicht glaubte er ihr die Schiffseignerin.

Auf ihre Zeitung gab Wilhelmine viel. Mochte sie selbst auch manchmal struppig aussehen – der ›Beobachter an der Oder‹, in dem sie gerade las, steckte immer wunderbar glatt gefaltet im Spiegel zwischen den beiden Bullaugen der Kabine; und der Onkel mußte das Blatt ordentlich wieder dort anbringen, wenn er einen Blick hineingeworfen hatte, ohne an dem Abonnement finanziell beteiligt zu sein.

Die Ausgabe lohnte sich für Wilhelmine. Denn sie wurde von ihrem Irrweg abgebracht. Sie ertappte sich nämlich selbst dabei, daß sie in den wieder einmal bündelweise nachgelieferten Zeitungen nur die Berichte über das Königs- und das Mannschießen nachlas, die Inserate von ›Onkel Emils Luftschaukel und Karussell‹ – von Zeit zu Zeit wurden beide auf dem Spittelplatz aufgestellt – studierte und unter den Unglücksfällen der Provinz nach besonders krassen Fällen von ›Artistenschicksal‹ suchte. Als ihr Blick zufällig über die ständige Rubrik ›Meldungen über die Oder‹ hinstreifte, gab es den Ruck in ihr. Danach, danach allein hatte sie zu fragen, und alles andere ging sie einen Dreck an.

Wilhelmine setzte sich auf die Treppe im kleinen Küchenvorraum, breitete den ›Beobachter‹ auf ihren Knien aus, umschloß mit den Händen ihre Fußgelenke und verbiß sich in die Nachrichten. Aha. So stand die Sache. Droben um Breslau weitere Verschlechterung des

Wasserstandes. Bis unterhalb Glogaus wurde der Verkehr nur mit vielfachen Ableichterungen aufrechterhalten. In der letzten Woche hatte man 26.000 Tonnen Kohle verkippt und 13.000 Tonnen Erze gekrant. In Stettin waren zahlreiche Erzeingänge zu verzeichnen, doch begann der Kohlenraum knapp zu werden.

Wilhelmine verstand es ganz und gar nicht, ob das ein Glück oder einen Jammer bedeutete. Sie entschied sich aber für das letztere. 26.000 Tonnen Kohle und 13.000 Tonnen Erz erschien ihr, gemessen an dem kleinen, auf ihre ›Helene‹ entfallenden Anteil Ladung, riesig viel. Aber wenn Herr Dorn im ›Beobachter‹ darüber klagte, sollte es ihr nur recht sein. Denn sie wollte schimpfen und war fest entschlossen, noch in dieser Stunde unter ihren Leuten Schrecken und Düsternis zu verbreiten.

Die niederschmetternden Nachrichten lernte das Kind auswendig, was ihm sehr schwer fiel. Die ganze Zeit, in der das kleine Mädchen sein Mittagbrot wieder einmal selbst vorbereitete, ging darüber hin. Eierkuchen gab es heut. Wilhelmine beherrschte im wesentlichen nur zwei Gerichte: Knoblauchwurst mit Sauerkraut und Bratkartoffeln, und eben Eierkuchen. Die Versuche, Puddings aus den schönen fertigen Pulvern zu verfertigen, waren ihr leider immer mißglückt.

Für die Herstellung ihrer Eierkuchen rumorte die junge Schiffseignerin wild in Topf und Tiegel; vom Kocher her schlugen Flammen aus zischendem Fett auf, die Mittagssonne brach in schrägen, dichten Strahlen durch den Kajüteneingang in die glühend heiße, enge Küche; es herrschte eine wirklich teuflische Hitze und höllische Stimmung, wie sie zu den Gedanken der zornigen Butenhof paßte. Erbost prägte sie sich ein: »Bis unterhalb Glogaus wurde der Verkehr nur mit vielfachen Ableichterungen aufrechterhalten … 26.000 Tonnen Kohle … 13.000 Tonnen« – und immer in dem Abstand, in dem die Feststellungen folgten, mit denen sie die Männer niederschmettern wollte, packte sie den Tiegel, warf den Eierkuchen ein Stück in die Luft und fing ihn wieder auf, als ginge sie mit Ball und Tamburin um. Es sollte den Eierkuchen schön locker machen, erinnerte aber zugleich peinlich an gründliche Übungen für die Vorstellung, von der oben auf Deck die Männer unausgesetzt sprachen. Wilhelmine erschrak zu Tode, als sie ihr Jonglieren mit dem Eierkuchen bemerkte. Das wäre ja. Soweit war es mit ihr schon gekommen.

Sie würgte ihr Essen hinunter, ohne sich hinzusetzen, ohne einen Teller zu decken; nur an die Messingstange des winzigen Herdes gelehnt:

»... 26.000 Tonnen Kohle verkippt – 13.000 Tonnen Erze gekrant – und das ist sehr wenig.«

Das Kind konnte es kaum erwarten, die Eierkuchenpfanne abzustellen und zu den Männern hinaufzustürmen. Aber droben ging sie dann ganz langsam; würdevoll und verschlagen. Ganz bescheiden setzte sie sich neben ihre Leute, die nach der Mahlzeit faul auf dem Deck herumlagen, bis auf Fordan, der fluchend darüber wachte, daß ihm keine Schwimmer in das frischgeteerte Beiboot kletterten.

Man fuhr nämlich gerade an einer der kleinen Städte vorüber, die an ihrem Rande, in reichen Wiesen und schöngerundeten Sandbuhnen, gegen eine weidenbewachsene Steinmole gelehnt einen grauen Bretterverschlag als ›Städtische Badeanstalt‹ zu ihren geschäftlich fruchtbarsten Unternehmungen zählen. Eine Fahne in den Stadtfarben wehte über dem Etablissement; Erwachsene entrichteten sechzehn Pfennig, Kinder acht Pfennig, auf Dutzendkarte vier Pfennig Eintritt. Freibäder gibt es natürlich soviel, wie Sandbuhnen stromauf und stromab vor der Stadt liegen. Doch man zahlt gern. Das kommt vom Gesellschaftsleben der kleinen Flußstädte her.

Wird ein Schleppzug an der Waldbiegung vor der Badeanstalt sichtbar, schwimmen die jungen Männer, Mädchen, die Knaben in Scharen auf den Dampfer zu, lassen sich von seinen hohen Wellen und der jagenden Strömung die Flanke des ganzen Schleppzuges entlang tragen und klettern rudelweise in die Beiboote der drei letzten Kähne, um mühelos wieder gegen die mächtige Strömung anzukommen und ohne Strapazen in ihre Badeanstalt zu gelangen.

Im allgemeinen sah Wilhelmine es nicht ungern, wenn sich ein ganzes Menschenbündel darum rang, von der Strömung nicht weitergerissen zu worden, und in ihrem Beiboot die letzte Rettung erblickte. Auf einmal stand dann der letzte Kahn mit der leichten Ladung, dem geringen Schleppgeld und der schwierigen Steuerung in hohem Ansehen; mit einem Male. In ihrer augenblicklichen Stimmung nahm Wilhelmine aber den Besuch im Beiboot übel.

»Haut bloß ab!« drohte sie mit erhobener Faust. Aber Fordans höhnisches »Frisch geteert!« machte größeren Eindruck.

»Laß sie ’rein«, zischte Wilhelmine, die anscheinend die Lage noch nicht ganz überblickt hatte, schadenfroh und in plötzlichem Gesinnungswechsel, »laß sie ’rein und sich bescheißen.«

Fordan sah seiner Herrin bewundernd in die Augen.

»Du bist der einzige«, fächelte sie sich mit beiden Händen Kühlung zu für ihr hitze- und zorngerötetes Gesicht.

Fordan bezog das Lob auf andere Leistungen – in der Erinnerung an Wilhelmine Butenhofs freundliche Aufforderung zu kleinen Raubzügen. Etwas zu intim kniff er ein Auge zu.

»Wir sollten auch beide mal lieber ein bissel mitschwimmen, wenn wir wieder wo liegen«, schlug er munter vor.

»Du hast deine wirren Gedanken auch bloß immer beim Vergnügen wie die Männer«, grollte die Butenhof, »das Vergnügen da wird aber bald ein Ende haben«, blickte sie tückisch auf die schlafenden oder wenigstens ruhenden Männer, von denen sie mit dem Bootsjungen nur der umgelegte Segelmast trennte. Sie ließ sich auf dem Ende des Mastes nieder und legte die Arme verschränkt auf den Bordrand. Das Kinn vergrub sie in ihren gefalteten, runden Kinderhänden und schaute ernst auf das unablässig an den Kahn pochende, abwärts eilende Wasser. Die glühende Luft zitterte über dem Fluß; Libellen standen schwirrend über dunklen Strudeln still; große, fiedrige Bremsen taumelten in unruhigem Zickzack hin und her.

Wilhelmine konnte sich nicht beruhigen: »Schifferkinder schwimmen nicht, du Dösbartel. Und sie essen auch keine Fische«, sprach sie über den weiten Strom hinweg.

Denn in der Winterschule in Fürstenberg kamen manchmal Kommissionen mit vielen Damen als Begleitung, und die fragten dann immer so aufreizend dumm: »Ach, im Sommer ist es wohl auch sehr schön? Da könnt ihr wohl jeden Tag alle tüchtig schwimmen? Und schöne, schöne Fische gibt es wohl?«

Wilhelmine ahmte vor Fordan die Besucherinnen aus der Winterschule aufgebracht nach. Er hatte gar nicht gedacht, daß die Butenhof so hoch sprechen könnte; so war er an ihr tiefes Gebrummel gewöhnt. Sie beachtete ihn nicht mehr, zog einen ›Beobachter‹ aus ihrer Bluse und begann zu lesen und zu seufzen, während das Blatt im leichten Lufthauch der Flußfahrt leise knisterte und raschelte. Dem Jungen war es mit dem Mädchen nicht mehr geheuer, und allmählich wurden auch die Männer in ihrem Halbschlummer, sogar unwillig, auf das Geraschel und entrüstete Seufzen aufmerksam.

»Schrecklich, schrecklich«, murmelte das Kind immerhin so vernehmlich, daß jeder, der es hören wollte, dazu imstande war. Nun machte sich der Onkel aber auf die Beine und kletterte, was für seine alten

Glieder nicht unbeschwerlich war – denn er war Athlet und nicht Akrobat gewesen –, über den umgelegten Mast zu seinem Mündel hinüber. Es sah weiter starr auf den Fluß.

»Droben bei Breslau gibt es eine weitere Verschlechterung des Wasserstandes. Bis unterhalb Glogaus wird der Verkehr nur mit Ableichterungen aufrechterhalten. In der letzten Woche hat man nur noch 26.000 Tonnen Kohle verkippt und 13.000 Tonnen Erze gekrant.«

»Nee, wie das Kindel redet«, schlug Herr Müßiggang die Hände zusammen, »wie ein Reedereibesitzer – nee, du kleines Hundel – aber das kann doch gar nicht stimmen. Wir sind doch schon lange hinter Steinau, auf Breslau zu. Ob du und daß du vielleicht gerade wieder einen von den alten, nachgeschickten ›Beobachtern‹ in die Hand bekommen hast?«

Wilhelmine begriff, daß ihre Stellung unsicher wurde. Wie aus Versehen ließ sie das Blatt ins Wasser fallen und guckte ihm bedauernd nach.

»Je – nun kann ich es dir gar nicht mehr zeigen – funkelnagelneu waren die Wasserstandsmeldungen. Aber ihr fragt ja nicht danach«, fuhr sie herum, daß der Onkel zusammenschreckte und die Männer sich um ihn scharten, »– nach gar nichts – ihr macht Blödsinn, und ich muß mich um alles sorgen – von deinem Michel in Zeuthen könntest du was lernen, Onkel – der mit seinem Dampfer war richtig für die Oder, der ja; trotz seiner Theaterspielerei mit dem Fräulein Zerline.«

Das Pony Hannchen wieherte in seinem engen Stall, weil es die Gebieterin laut rufen hörte.

10. Wrack im Ährenfeld

Die veralteten, nachgesandten Ausgaben des ›Beobachters‹ hatten recht gehabt. Der Wasserstand verschlechterte sich zusehends. Man kam gerade noch mit Not und Mühe in den Köbener Hafen hinein. An den letzten Buhnen vor dem Hafen war schon schwierig vorbeizusteuern; die Kähne drohten auf den Buhnenköpfen oder auf Sandbänken aufzulaufen. Zum Glück drückte keine schwere Ladung die Kähne hinab, und Tiefgang wurde einem nicht verhängnisvoll; die ›Helene‹ jedenfalls hatte für ihre Ladung nur Ordre bis Steinau gehabt. So empfand man zunächst einmal eine Erleichterung, daß die Einfahrt in den Hafen ohne

Unfall vonstatten gegangen war. Die gedrückte Stimmung über den unfreiwilligen Aufenthalt von unabsehbarer Dauer trat dahinter zurück.

Gerade hatte Wilhelmine Butenhof auf ihrer ›Helene‹ für gute Schiffersitten und ordentliche Leistungen sorgen wollen, da wurden ihre guten Absichten vereitelt. Und es war so selten, daß sie die rechten Vorsätze faßte. Wilhelmine wollte es gar nicht glauben, daß der Sommer sie an der Durchführung ihres Besserungsplanes hindern sollte. Noch barfuß und im Nachthemd, im nur flüchtig übergeworfenen Rock stieß sie am frühen Morgen die Luke an ihrer Kajütentür auf und war von keinem anderen Gedanken, keiner anderen Empfindung beherrscht als dem Wunsch nach Regen, nach jähem Witterungsumschlag.

Aber Helle des Augustmorgens blendete sie; schon in den zeitigen Morgenstunden breitete sich der Dunst der Hitze über dem Wasser und den Ufern aus; und die langen Schatten der Bäume an der Stadtmauer schienen keine Kühlung zu gewähren.

Bekümmert sah das Kind zur Oder hinüber. Die Steinmolen der gefährlichen Buhnenköpfe ragten hoch aus dem Wasser, und in den Buhnen selbst konnte man an den zerspülten Stufungen von Sand und getrocknetem Lehm deutlich erkennen, wie rasch das Wasser von Morgen zu Morgen gefallen war. Vom vorigen Tage her zeichnete sich nur noch eine schmale, feuchte, dunkle Linie in der gedörrten Erde ab. Die Pfähle, mit denen man ein Freibad abgesteckt hatte, standen weit aus dem Sand und Schlamm heraus, und die Kinder wateten im Gänsemarsch durch den Fluß, um schon vor den Mittagsstunden Erfrischung zu finden; denn es waren große Ferien. Die Oder war zum Lachen! Keine tiefe Stelle bedrohte die Kinder, nur die Strömung riß an ihnen, so daß sie in der Mitte des Flusses mit den Armen balancieren mußten. Der kleinen Butenhof war es unfaßlich, daß der Dampfer gestern noch eine Fahrtrinne gefunden hatte. Ach, es lohnte nicht, auf die Oder auch nur einen Blick zu werfen. Sie war ein Kinderspott geworden. Aber die Schiffer konnten darüber verarmen. Ergrimmt wandte das Mädchen sich der Stadt zu.

Der Hafen lag ländlich, schön und unbrauchbar unter alten Bäumen. Eine schmale, aber langgedehnte Wiese, der Köbener Lantsch, trennte die ersten Häuser von ihm ab. Gestern noch waren die Gräser dicht und lang gewesen; nun hatte die Glut sie welk zusammenfallen lassen. Hinter der Wiese stiegen glatte, graue Festungsmauern empor, an die sich bescheidene Ackerbürgerhäuser und zwei Kirchen mit spitzen

Türmen lehnten. Die stille, graue Stadt und die alten steinernen Wälle wurden von einer Sichel von reifen Feldern im Halbrund umschlossen. Es zog Wilhelmine Butenhof zu ihrer rauschenden Fülle hin. Dort, dort war die Armseligkeit der Oder nicht zu spüren, dort drüben wurde die unerbittliche Sonne zu Segen und Reichtum!

Auf dem eigenen Kahn und im übrigen Schleppzug regte sich keinerlei Leben. Obwohl Wilhelmine sich gern mit ihren Leuten herumgezankt hätte, mußte sie ihnen doch recht geben, wenn sie in den Hochsommertag hinein faulenzten. Die ›Helene‹ und die Oder brauchten heut keinen Menschen. Auf dem Wasser war es ja schon weit gekommen, wenn eine Schifferstochter am Morgen den Entschluß fassen mußte, in den Feldern hinter einer Stadt spazieren zu gehen!

Ohne Hut, barfuß in Schuhen lief Wilhelmine den Feldern zu, so sehr verlangte es sie danach, sich von den gelben Wogen umfangen zu lassen.

Im Frühling, als die Oder noch breit und stark dahinfloß, hatte sie weithin die Äcker der Ebene getränkt. Ja, es war, als habe sie sich an sie verschwendet, daß nun die Ähren so schwer, so voll von hohen Halmen hingen. Das Kind war wie versöhnt. Auch in dem goldkörnigen Weizen, in der langgefiederten Gerste und dem wie Gräser zitternden Hafer, dem blonden, schwankenden Roggen fand es den Fluß wieder. Roten Mohn, blauen Rittersporn, Kornraden, Zichorienblüten und Glockenblumen, Klee und weiße Margueriten trug ihm die Oder ans Licht.

Wilhelmine Butenhof kümmerte sich nicht um die Landgesetze und schlug ihren Weg quer durch das reife Korn ein. Sie war in der Wandlung dieser Stunde den aufschreckenden grauen Feldschmetterlingen nicht minder freundlich gesinnt als den flirrenden blauen Libellen über dem Strom.

Und dann wußte das kleine Mädchen jäh, daß es auf dem Grund der alten Oder hinschritt. Eine tiefe Mulde tat sich in unruhigen Buchtungen zwischen den Feldern auf: das Flußbett der Oder, ehe der große König ihr neue Bahnen grub. Sauerampfer und Rhabarber wucherten über längst versickerten Wasserstellen, dichte Gerstenbüschel hingen von den erhöhten Rainen, die einmal Ufer waren.

Schwarz, groß und schwer ragte ein Schiffsbug aus den Ähren, die wehenden Dolden streiften seine Planken. Feldwinde und Brombeergesträuch umrankten in blühender Wirrnis das Wrack. Federnelken und Wiesenschaumkraut drängten sich unter seinem Kiel hervor.

Das Herz des Schifferkindes klopfte hörbar; eine unbeschreibliche Zärtlichkeit ließ Wilhelmine den toten Kahn scheu streicheln und seine Wände betasten. Sie kniete in seinem Schatten in dem hohen Gras und spürte den Geruch des Wassers in den Planken des Schiffes.

Dunkel ruhte das Wrack unter zitternden Ähren und steilen, weißen Wolkenzügen, ein Abbild milden, feierlichen Sterbens. Den Kahn, versunken auf dem Grund eines tiefen Stromes, hob die Erde dem Himmel näher und näher und schmückte ihn mit den Halmen und Blumen fruchtbarer Felder.

Die Hände hingen dem vom ungewohnten Fußweg rasch ermüdeten Kinde schlaff herab, nur seine Locken, die in die Farbe der reifen Ähren übergingen, streichelten noch in bangen Bewegungen die Bordwand. Wilhelmine hatte den Kopf an das Wrack gelehnt, so eng, daß die heißen Wangen an das kühlende Schiffsholz gepreßt waren.

Die jagende Strömung der Oder hatte den Kahn umpocht und umspült – nun tropften einzelne, scheue Kindertränen über sein morsches Gebälk. Die Augen des Kindes waren weit geöffnet, aber ihr Glanz war ausgelöscht, verdunkelt von der Trauer um die plötzlich begriffene Vergänglichkeit des Kahnes ›Helene‹.

In der steigenden Sonne blitzten Sensen über dem Wall der Ähren. Rufe zur Arbeit weckten das kleine Mädchen. Die Ernte begann, und unter einer schwingenden, im Morgenlicht aufstrahlenden Sense sank ein voller Streifen ährenschwerer Halme hin, als bahne ein Fluß sich ein Bett in die Felder.

Wilhelmine streifte einen Marienkäfer von ihrer Stirn, schüttelte einige Ameisen aus ihrem Rock und suchte den Heimweg zum Hafen. Nirgends war ein Rain. Nur dort, wo der karge Kiefernwald an das Getreide grenzte, waren Halme niedergetreten, und sie erschrak.

Die Oder, überall im Land die Oder. Ein Schifferhut aus fahlem, gelbem und grünem Stroh, wie der Steuermann ihn trug, hing in den Kornblumen und Zichorienblüten. Da rannte Wilhelmine Butenhof querfeldein.

Und der junge Steuermann ihres Kahnes wußte nichts von der Nähe eines Menschenkindes, als er das Glück genoß, nicht in der engen, düsteren, rauchigen Hinterstube eines Hafengasthauses, sondern in dem goldenen Garten des hohen Sommers bei einem Mädchen zu liegen, das dunkeläugig war wie der Wasserspiegel der Oder und hellen Leibes wie die weißen Möwen über dem Fluß.

11. Das schöne Blau

Die ›Bertha‹ vom Göldner aus Maltsch war frisch gestrichen; die ›E A 1067‹ vom Fichtner aus Reyhe war der schönste Kahn; denn er war eigens für Shell-Öl hergerichtet, rot und grün lackiert und mit Weißblech abgedeckt. Von den anderen Kähnen war in letzter Zeit keiner renoviert worden; aber viele hatten eine Reparatur und Auffrischung noch gar nicht nötig; die ›Helene‹ war am schlimmsten, bei weitem am schlimmsten herunter. Wilhelmine sah es mit großer Sorge. Die Bordkanten mußten dringend abgehobelt werden; das Namensschild am Bug war verwittert und verbogen; gestrichen wurde der Kahn, seit Butenhof ihn besaß, in keinem Fall; und Butenhof hielt wohl einen neuen Anstrich gar nicht mehr für nötig, wenn er bereits auf einen neuen Kahn sparte. Überall an der ›Helene‹ waren Holzplanken aufgerauht und abgesplittert, die Laufstege zeigten Risse, die einmal gefährlich werden konnten, an den farblosen Kajütentüren waren die Klinken abgegriffen, an den Schwellen hatte man alte Linoleumstücke unregelmäßig nebeneinander genagelt. Aus der Bank am Blumenkasten waren zwei Latten herausgebrochen, und nur der Blumenkasten selbst glänzte in freundlichem Rot.

Aber Wilhelmine war nicht gewillt, sich dadurch aufheitern zu lassen. Ihr ärgerlicher und trauriger Blick fiel auf die Segelballen. Gewiß, man gebrauchte sie nur selten, zur Beschleunigung der Fahrt stromab bei hohem Wasserstand und günstigem Wind; denn das Riesentuch eines Schleppkahnsegels ist nur schwer zu handhaben, und der baumstarke Mast, der die Tafelfläche des Segels tragen muß, bleibt besser umgelegt; denn wenn der Wind über der Oderebene zum Sturm wird, weiß keiner, was ein etwa umgeschlagener Mast auf dem Deck des Kahnes noch stehen läßt.

Ach, Wilhelmine sehnte sich nach Wasser und Wind. Aber die Sonne brannte ihr auf Stirn, Schultern und bloßen Armen, als sie in der Masse der Segelbahnen herumwühlte und mühsam an den Zipfeln zerrte, die sich kaum ein Stück herausziehen ließen. Die Tuche waren rissig und starr, weil sie naß zusammengeworfen worden waren und nun in den Brüchen trockneten. Aber schon die Ränder der Ecke, die Wilhelmine endlich zu packen bekommen hatte, waren ausgefranst, und sie entdeckte ein großes Loch.

Sie pfiff dem Onkel, der mit seiner Tabakspfeife am Bug promenierte, weil ihm die viele Sonne gar nicht so übel gefiel. Auch Gura, der Schlangenmensch, war nach oben gekommen und hatte sich mit einem Kopftuch in die Sonne gelegt; er wollte einen hübsch gleichmäßig braunen Teint bekommen; außerdem behauptete er, die Sonne zehre am Gewicht, so daß er ein paar Tage ohne Brustpulver auskam. Nur die Haare mußte er sichern, die wurden von all der Sonne noch schütterer. Er schreckte auf, als er den zornigen Pfiff der Schiffseignerin hörte; sie war ihm nun einmal nicht wohlgesinnt, und er konnte es schlecht vertragen, wenn ihn jemand anbrüllte; er wurde so leicht verlegen.

Wilhelmine winkte Gura ab. »Komm allein, Onkel«, rief sie schlechter Laune. Die Stirn in Falten gelegt, die Hände auf dem Rücken ineinandergefaltet und – wie das Pony Hannchen – mit dem Fuß in den Segeln scharrend, erwartete sie den Vormund.

»Wir müssen uns bissel was von der Zeuthener Sparkasse schicken lassen von meinem Gelde. Die ›Helene‹ muß ausgebessert und gestrichen werden.«

»Muß sie das?« legte nun August Müßiggang seinerseits die Hände auf den Rücken und zog die Stirn kraus, aber fragend, nach oben. Denn von solchen Notwendigkeiten verstand er nicht viel.

Die Kleine scharrte weiter mit dem Schuh in den Ballen und fuhr fort: »Quatsch erst nicht groß mit den anderen darüber, Onkel. Das wird ganz allein von mir und dir abgemacht, und da ist alles gut und gut. Frag erst gar nicht. Soll die ›Helene‹ hier in der Hitze wie Zunder abbrennen? Das ist ja alles bloß noch mürbes Holz. Oder soll sie glatt ersaufen, wenn Hochwasser kommt? Ich meine auch«, wurde sie milder, als sie sah, wie sehr der Onkel erschrak. Aber sie tat noch ein bißchen höhnisch: »Zieh doch mal so ein Segel auf, wenn guter Wind kommt. Ja – Feierabend«, trat sie in das Tuch, und der Alte meinte ängstlich: »Gesegelt sind wir doch noch nie.« Das Mündel wurde gönnerhaft: »Laß mal den Herbst kommen, wie wir da segeln.«

»Können wir denn da nicht bis zum Herbst warten, mit so einer riesengroßen Ausgabe – und ob dein Geld überhaupt reichen wird?«

»Wenn wir es nicht in die Ausbesserung stecken, können wir Schluß machen. Der Kahn ist fertig, sage ich. Und da könnt ihr sehen, was aus euch wird.«

Gura hörte ein bißchen von den heftigen Worten und wurde sehr bedrückt in dem Gedanken, daß unter Umständen niemand mehr für seine vielen Kartoffeln, sein Brustpulver und das Haarwuchsmittel sorgen würde, das er sich neuerdings heimlich hielt. Er vermochte sich nicht zu beherrschen.

»Entschuldigen bitte«, mischte er sich von fern sanft ein, »ich mein' halt, das müßte einleuchten, daß so ein schönes Schiff gepflegt werden muß, sag' ich –«

Aber er sagte gar nichts mehr und bekam es mit der Angst zu tun.

Wilhelmine jedoch blieb gnädig: »Wenn selbst der Schmachtfetzen das sieht, Onkel –«

Sie zählte an den Fingern auf: »Nur das Notwendigste: Bordkante ausbessern, im Laderaum neue Kielplanken, außen ganz streichen, auch das Deck malen, neues Segel –«

»Laufbretter am Bug ergänzen«, fiel nun sogar der Alte ein, weil er sich erinnerte, schon oft gestolpert zu sein.

»Und ein neues Schild mit dem Namen. Und hinten auch ein Schild. Da steht immer noch Vatels. ›Wilhelmine Butenhof‹ soll darauf kommen, mit einer schönen Farbe.«

Gura hörte jetzt aufmerksam zu, weil schöne Dinge, die keine Arbeit machten, ihn freuten.

»Alles über und über blau«, breitete das Kind seine Arme nach Bug und Heck aus. »Auch die Bank. Auch der Blumenkasten.«

Und der Onkel schlug die Hände zusammen und rief: »Je, je, wer hätte bloß an Blau gedacht.«

Aber wunderbar fand er es auch.

»Eine sehr künstliche Farbe«, paffte er sachverständig aus seiner Pfeife, »sehr schön unnatürlich.«

Denn das Gewöhnliche mochte er nicht gern. Das kam vom alten Beruf. Da war auch alles Glanz und Glitzer gewesen.

»Und deine Faxenmacher«, redete die Butenhof streng, »die sollen nun mal endlich was arbeiten und uns Handwerker ersparen. Bloß Maler brauchen wir.«

»Die Farbe, die ist zu heikel, selbstverständlich«, stimmte Müßiggang mit der Butenhof überein.

Mit einem Male war Wilhelmine nichts als ein Kind, dem sein sehnlichster Wunsch erfüllt wurde. Sie wühlte ihre Locken in die abgeschabte Manchesterweste des alten Mannes und flüsterte: »Blau ist so schön.«

Der Onkel kämpfte mit der Rührung und half sich mit den verwirrten Worten: »Nu, wenn du willst und daß du möchtest – ich laß mich ja von oben bis unten blau lackieren, mei' Hundel.«

Schon wurde Wilhelmine wieder derb und lachte rauh und unflätig: »Alle blau, alle mitsamt werden wir uns mal fest blau machen, wenn die ›Helene‹ fertig ist.«

Der Malermeister, zu dem man sich dann gemeinsam begab, hatte seine Bedenken. Ob die Farbe auch halten würde. Was die Leute denken sollten. Ein blauer Kahn. Das gab es doch sonst nicht auf der Oder. Aber der Vormund war ganz aufgebracht. Nur blau. Ob der Meister schon mal in Stettin gewesen sei? Ob er schon mal einen großen Hafen gesehen habe? Na also. Nur blaue Kähne, überhaupt alles blaue Kähne. Die modernen selbstverständlich.

Der Schwager des Malermeisters, der den Verhandlungen beiwohnte, räusperte sich ungeduldig. Wilhelmine zwinkerte ihm liebenswürdig zu, und er ließ das Gehüstel wieder.

»Ich bin nämlich Kapitän«, konnte er sich aber nicht enthalten, sehr unvermittelt, aber aus recht erklärlichen Gründen zu sagen. Der Kleinen fuhr es durch alle Glieder.

»Kapitän Woitschach«, legte der rotbäckige Mann mit dem großen Schnauzbart die Finger an die braune Stirn, an der die Kapitänsmütze einen helleren Rand abgezeichnet hatte, »Kapitän Woitschach vom C. W. V«.

Gleich bekam das Gespräch eine andere Wendung. Wilhelmine knickste, der Malermeister holte Versäumtes nach und erklärte: »Mein Schwager, meiner Schwägerin ihr Mann«, und man schwadronierte, als wäre Besuch im Hausflur angekommen. Jedenfalls wurden die Frau Kapitän und die Frau Malermeister Senftleben herbeigelockt.

»Butenhof, Wilhelmine, aus Zeuthen, vom Kahn ›Helene‹«, knickste das Kind aufgeregt weiter, und der Onkel dienerte: »Müßiggang, Schiffseigner Müßiggang.«

Wilhelmine fuhr dazwischen.

»Mein Vormund«, stellte sie vor und lächelte sofort überlegen, und dem Alten war es äußerst peinlich, was er da Dummes geredet hatte.

»Wir wollen nämlich alles bei uns blau machen«, stotterte er, und sie mußten alle furchtbar lachen: das Mündel, der Vormund, Herr und Frau Kapitän Woitschach, ihre Schwester.

Maler Senftleben bestätigte es: »Hör sich einer das an – wirklich und wahrhaftig einen blauen Kahn!«

12. Beziehungen zu einem Kapitän

Der ›C. W. V‹ wartete den sommerlichen Stillstand eigentlich in Steinau ab. Aber Kapitän Woitschach und seine Frau hatten sich ein Quartier in Köben gesucht, weil sie dort ihre Verwandtschaft zu Lande hatten. Waren Woitschachs und Senftlebens zusammen, ging es immer sehr lebhaft zu. Denn beide Schwestern, die schwarzhaarigen, sprachen viel und wußten viel. Die eine mit dem spitzen Gesicht und dem gebückten, huscheligen Gang, der klagenden Stimme und dem Haarknoten im Genick kannte jeden Vorgang in Köben. Die andere mit dem munteren, runden Gesicht und der hohen runden Nestfrisur wußte gut, was so in allen Städten, in denen man anlegte, von Cosel bis Stettin vorging. Stundenlang saß man in Senftlebens Hausflur beieinander, die Frauen auf Stühlen am Fenster, der blasse, hagere Malermeister und der robuste, vergnügte Dampferkapitän auf einer gußeisernen Bank. Die Männer schwiegen meist und hörten sehr gern zu, wenn die Frauen redeten.

»Keinen Hehl daraus gemacht«, berichtete Frau Kapitän Woitschach höchst lebendig, »wir haben uns in Breslau Tänzerinnen angesehen. Im Liebichvarieté in Breslau. Otto, habe ich gesagt, sieh dir ruhig die Mädchen an, die feine Rasse, das schmale Gesicht und die muskulösen Beine.«

Herrn Müßiggang und Wilhelmine Butenhof wurde etwas unbehaglich zumute, daß von seiten eines Kapitänsehepaares von Varieté und dergleichen die Rede war. Namentlich Wilhelmine litt im Moment sehr darunter, daß sie ein Schiff voller Räuber hatte haben wollen, und daß man nun zu Faxenmachern geworden war. Frau Kapitän Woitschach mußte sich sehr wundern, daß man von ihrem Varietébericht gar keine Notiz nahm.

»Sind Sie denn nie im Liebichtheater in Breslau gewesen?« fragte sie trotzdem weiter, weil Verbindlichkeit ihre Stärke war und sie es gar nicht leiden konnte, wenn ein Gespräch ins Stocken kam.

Auch Frau Maler Senftleben fiel klagend ein: »Nie im Liebichtheater in Breslau?«

Der alte Mann riß sich militärisch zusammen und versicherte: »Nie dort engagiert gewesen.«

»Oh, das ist aber interessant, was Sie da sagen«, nutzte Frau Kapitän beglückt die Möglichkeit aus, die Unterhaltung weiterzuführen, »daran habe ich natürlich noch gar nicht gedacht, daß Sie vielleicht dort aufgetreten sein könnten. Ich meinte nur, ob Sie so als Zuschauer dagewesen sind. Aber natürlich, Sie sind ja wohl Künstler von Beruf. Ich meine so vom Hörensagen.«

Das war etwas unbestimmt ausgedrückt, aber Vormund und Mündel begriffen ganz gut. Müßiggang sah ängstlich auf Wilhelmine; die kniff verärgert die Lippen ein, sandte ihm einen flüchtigen, bösen Blick zu und erklärte der Frau Kapitän: »Ja, ja, Gewichte und Damen in die Luft stemmen, das konnte er wohl auch, obschon er es nur mit der Schiffahrt zu tun haben will.«

»Gewichte und Damen in die Luft stemmen«, wurde die Kapitänsfrau munterer, »nein, denken Sie. Eben, ich habe ja schon davon gehört. Sie sollen ja so eine wunderschöne Vorstellung auf der Oder gegeben haben.«

Wilhelmine beschloß in ihrem Inneren, den Auftrag zum Anstreichen ihrer ›Helene‹ einem anderen Maler zu geben.

Jetzt meldete sich auch Kapitän Woitschach aus dem Hintergrund:

»Das muß ja eine dolle Sache gewesen sein. So was fehlt uns in den Schleppzügen. Wo's manchmal so scheißlangweilig ist, wenn man so lange festliegt.«

Bei dem unpassenden Ausdruck fiel seine Gattin begütigend ein: »Keinen Hehl daraus gemacht; Otto hat manchmal eine sehr gewöhnliche Redeweise.«

»Ich gestehe es frei und offen«, erwiderte Wilhelmine Butenhof die Entschuldigung, »ich auch.«

Und der Onkel, dem jetzt gar nichts mehr geheuer war, unterbrach verlegen: »Ach ja, sehr. Aber sonst ist sie ein sehr ein gutes Mädel.«

»Den Eindruck habe ich nämlich auch«, bestätigte Frau Woitschach und benahm sich so, als wollte sie Wilhelmine durch die Locken fahren. Jedenfalls war mit ihrer rechten Hand etwas Ähnliches los.

Der Kapitän redete mehr als sonst: »Wird ganz allein mit dem Kahn vom Vater fertig. Schafft arbeitslosen Leuten ihr Brot. Faulenzt nicht bei der Trockenheit, läßt den Kahn renovieren. Sorgt am Abend für Unterhaltung, damit ihre Leute nicht auf dumme Gedanken kommen.«

»Tages Arbeit, abends Gäste«, trug der Maler sanft zur Konversation bei, weil ihm nichts Eigenes einfiel. Denn er hatte diesen Spruch neulich mit einer herrlichen Schablone im Halbrund um den Eingang zum Saal vom ›Rautenkranz‹ gemalt.

Der Vormund sah sein Mündel mit ganz anderen Augen. Donnerwetter, so dachte man in Kapitänskreisen neuerdings von Wilhelmine Butenhof. Er vergaß darüber ganz, daß er ein wenig ins Hintertreffen geriet.

Mit den Kapitänskreisen, das war ja nun zu hoch gegriffen. Aber auf die herzensguten Woitschachs traf die Vermutung durchaus zu.

Auch Wilhelmine begriff allmählich, daß man ihr und ihrem Kahn hier wohlwollte.

»Ach so«, verriet sie ihre Überraschung und hätte sich am liebsten der Woitschach-Senftlebenschen Familie dadurch erkenntlich gezeigt, daß sie den ganzen Schleppzug lackieren ließ. Zur Ehre der Kapitänsleute muß aber gesagt sein, daß der Verdienst, der dem Schwager von Butenhofscher Seite zufloß, ihre Sympathien nicht beeinflußt hatte. Da sprach Ernsteres mit.

Man frage einmal auf der ganzen Oder bei den Kapitänen und den Schiffern, ob es wohl kinderlose Ehepaare gebe. Und wo sie einem wirklich begegnen, da forsche man nach, ob es immer so gewesen sei. Kapitäns- und Schifferehepaare, alle haben sie ein Kind an die Oder verloren. Alle haben sie es erfahren oder gar selbst mit ansehen müssen, wie ihr Kleines von der Strömung fortgerissen wurde und wie auch die Männer auf den hinteren Kähnen es nicht retten konnten, weil der Schleppdampfer und seine Kähne das Wasser zu sehr unter sich ziehen. Und stürzte ein Kind vom ersten Kahn oder gar vom Dampfer, dann gab man bald jeden Versuch auf, das Ertrinkende noch zu greifen. Die hohen Wellen des Raddampfers schlagen jeden, der untergeht, so tief, daß er sofort unter den ersten Schleppkahn gedrückt wird und nicht mehr hochkommt. Keiner fährt im Schleppzug stromauf, der nicht von einem Kapitän und den anderen Schiffseignern darum weiß, und die muntere Frau Kapitän Woitschach vermochte es nicht zu begreifen, daß die Menschen auf der Oder einem Kinde gram sein können und nicht in ihm ein kleines Stück vom eigenen ertrunkenen Liebling wiedererkennen. Immerzu sehnten sich ihre gutmütigen braunen Hände nach Wilhelmines blonden Locken.

Wilhelmine aber kostete ganz den Ruhm aus, als braves Kind zu gelten. Sie gefiel sich außerordentlich in der neuen, völlig ungewohnten Lage. Auf ihrem Kahn dann bürstete sie in ihrem wilden Haar herum, griff zur lange abgelehnten Schürze, schlug die Wimpern mehr als üblich nieder und zwang sich zu einem langsamen, feierlichen Gang.

Nur dieser plötzlich ausgebrochenen Sanftheit war es zu danken, daß die Verhandlungen mit den Männern über die unerwarteten großen Arbeiten so glimpflich verliefen. Wilhelmine Butenhof fluchte nicht ein einziges Mal und war sich selber ganz fremd.

Der bequeme Schlangenmensch Gura war seltsamerweise am ehesten für das von der Schiffseignerin vorgebrachte Anliegen erwärmt; daß sie einmal nicht schnauzte, machte ihn erstaunlich dienstbereit und gut gelaunt; und da es sich überdies um eine Arbeit handelte, die einen schönen Effekt haben sollte, hatte er sogar ein wenig Freude daran. Allerdings wäre er mehr fürs Anmalen selbst gewesen als für die ganze Hobelei und Hämmerei.

»Die ›Helene‹ wird himmlisch aussehen«, übertrieb er schon wieder, »und man wird schlank von der Arbeit.«

Winderlich fehlte sich persönlich gekränkt; er manikürte sich während der Unterredung mit einer alten, winzig kleinen Nagelfeile aus einem Taschen-Necessaire, das einen Lotteriegewinn dargestellt hatte. In seinen vornehmen Phantasien hatte er sich ausgedacht, er wäre als berühmter Artist in einem eleganten und stillen Badeort zu einem Sommeraufenthalt in völliger Zurückgezogenheit eingetroffen. Nun sollte er sich in dieser barbarischen Hitze schinden.

»Ist es denn wirklich nötig?« schaukelte er mit dem Kopf verzweifelt hin und her und stieß beim Maniküren mit dem Ellenbogen immerzu heimlich an Guras Arm. Aber diesmal war der Schlangenmensch unerbittlich auf seiten der Fleißigen. Das angekündigte Blau hatte es auch ihm angetan.

Wilhelmine verstieg sich zu der Anrede »Herr«.

»Herr Winderlich«, flötete sie, »ich habe mich mit einem befreundeten Kapitänsehepaar darüber beraten. Die Reparatur ist notwendig, weil wir vermutlich an einen der besten Schleppdampfer kommen.«

»Also der ›C. W. V‹«, sprach der Onkel bewundernd dazwischen. Aber Wilhelmine zwinkerte ihm höflich verweisend zu; soweit waren doch die Beziehungen mit Kapitän Woitschach noch gar nicht gediehen.

Der alte Lattersch fühlte sich so harten Strapazen im Sommer nicht mehr gewachsen.

»Der schafft das nicht mehr«, flüsterte Müßiggang dem Mündel zu, als er merkte, es wollte streng antworten. Man einigte sich, daß Lattersch mit seiner kolossalen Redegewandtheit als Rekommandeur und seiner lauten Stimme die Oberleitung übernehmen sollte. Gleich machte er versöhnt wieder Ulk und wandte sich verständigerweise an den mürrisch seine Nägel feilenden Wunderlich: »Und wenn ich mit meiner Zauberei dienen könnte – gleich setzte ich eine fix und fertig blaue ›Helene‹ aufs Wasser.«

Winderlich sah sich so eingekreist, daß ihm gar nichts anderes übrig blieb, als sich weltmännisch zu benehmen und Wilhelmines Idee immerhin sehr beachtlich zu finden.

»Die macht sich«, zollte auch der Steuermann der Schiffseignerin, dem Vormund gegenüber, Beifall und zog sich die Krempe seines riesigen Strohhutes ins Gesicht. Ihm konnte nur daran gelegen sein, wenn der Aufenthalt in Köben schließlich noch länger dauerte als der niedrige Wasserstand. Denn er hatte guten Anschluß gefunden für die Mußestunden und entdeckte wieder einmal, daß auch das Land durchaus seine Vorteile zu bieten hatte, bis man selbst einmal seinen eigenen Kahn mit einer Schiffersfrau hatte oder wieder Kraftakt war und mit Frau und Kostümkoffern von einem Engagement ins andere fuhr.

Fordan war immer nur voller Tätigkeitsdrang, Abwechslungsbedürfnis. Aber eine kleine Anfrage konnte er sich nicht verkneifen; ob es eine Zulage geben würde außer dem üblichen freien Aufenthalt und der Verpflegung auf dem Kahn ›Helene‹; eine ganz kleine Zulage, damit man sich einmal Eis kaufen könne.

Da fiel Wilhelmine in den alten Ton zurück, trotz der geglätteten Locken und der frischen Schürze: »Für dich Luderkerl überhaupt, wohl für Zigaretten auch noch.«

Der Onkel war dem Schiffsjungen wirklich gram:

»Nee, so garstig zu reden. Die Kleine hier kann sich überhaupt keinmal ein Himbeereis antun, so wie sie für uns sorgt. Oder meinst du Rotzbengel, sie läßt sich den Kahn zu ihrem Vergnügen für das teure Geld anstreichen? Und das will ich dir och bloß sagen, Mindel, wenn ich auch schon sehr taprig bin: ich motsche hier mit, wo ich nur kann.«

»Der Alte macht sich auch«, mußte der Steuermann zum zweiten Male eine anerkennende Äußerung tun und gab dem Schiffsjungen einen Klaps, der völlig ernst gemeint war und auch wirklich weh tat.

13. Die steinernen Bänke

Auf der ›Helene‹ war ein solches Rumoren, daß das Pony Hannchen in seinem Verschlag am Heck öfters wild wurde. Andauernd stieß jemand mit Balken an die Stallwand oder der Boden zitterte unter Hannchen von ununterbrochenen Hammerschlägen. Hannchen, das sonst böse Pferd, wurde dann mit der Zeit, als es gar kein Ende nahm, ganz scheu und verängstigt. Da kam Wilhelmine auf den guten Gedanken, Hannchen auf die Weide zu bringen.

Aber daß alles Geld kostete und noch einmal Geld! Der Magistrat Köben selbst meldete sich auf die Angaben einiger Spaziergänger hin und wollte es nicht glauben, daß ein altes Russenpferd auf dem Lantsch, jener Wiese zwischen Stadt und Hafen, von einem alten Mann herumgeführt würde und außerdem auch noch Possen triebe. Lattersch war mit der Aufsicht über Hannchen beauftragt worden, weil es die Handwerker auf der ›Helene‹ störte, daß er immerzu so laut brüllte, als lüde er zum Besuch einer Schaubude ein: »Arbeiten, meine Herren!« Und da Wilhelmine auch mithalf, konnte Lattersch sogar bei seinen alten Redensarten bleiben: »Ans Werk, ans einzige, noch nie dagewesene Werk, meine Damen und Herren! Auch Sie, junger Mann, müssen mit dieser Weltattraktion bekannt werden.«

Letzteres galt Gura persönlich, weil seine Arbeitswilligkeit ebensowenig vorhielt wie Wilhelmines Bravheit. Der feine Winderlich erhob als erster Einspruch gegen das Treiben des alten Rekommandeurs und Zauberkünstlers. Gerade als Lattersch mit ausladenden Bewegungen von dem erhöhten Steuerplatz her rief: »Eins – zwei – drei – noch ein Hammerschlag, meine Herrschaften, und die neue Planke sitzt fest im Holz –«, warf Winderlich sein Beil hin und erklärte aufgebracht, der Kollege mache ihn völlig nervös, er müsse seine Arbeit niederlegen, wenn das noch so weitergehe.

Soweit war die Stimmung schon wieder artistisch. geworden, daß er von Kollege sprach.

Da erfand Wilhelmine Butenhof den neuen Dienst für Herrn Lattersch. Der fühlte sich nur geschmeichelt. Mit Hannchen wußte außer der jungen Schiffseignerin eben nur er umzugehen; die Hannchen hatte nun einmal ihre Mucken, und allein ihm gegenüber ließ sie davon ab, weil er zu der seligen Emma Lebzeiten nach jeder Vorstellung das Pony hinter dem Vorhang in Empfang genommen hatte, während sich die Gattin draußen noch mit vielen Verneigungen nach rechts und links und der Mitte für den Applaus bedankte. Hannchen erschien nach ihrem Auftritt nie mehr an der Rampe, weil Lattersch ihr immer gleich den Kopfputz abband und zwei Zuckerstückchen für sie bereit hielt. Ihn kannte sie von damals noch gut, und für ihre Beziehungen zueinander machte es gar nichts aus, daß Hannchen immer schlechter sah.

Hannchen war auch nur noch in ihrem Verschlag auf dem Kahn außer Rand und Band gewesen. Im Freien machte sie keine großen Sprünge mehr, und da sie an Weite nie gewöhnt gewesen war, begnügte sie sich auch mit einem begrenzten Rasenfleck als Weide. Nach einer geraumen Ruhezeit war es Hannchen immer nicht unangenehm, wenn der alte Mann ihr ein paar Kunststückchen von früher aufgab; auch ohne die roten Zäume und die Federbüsche machte sie das sehr gern; ohne Publikum, ganz für sich selbst. Die frische Luft regte sie so an. Denn bei den einstigen schwierigen Vorführungen hatte sie manchmal richtig Atemnot bekommen.

Die Köbener Bürger wollten aber alles das nicht ohne weiteres dulden, und so begab sich der Stadtpolizist zu Herrn Lattersch und dem Pferde auf die Wiese. Die Köbener waren stolz auf ihren Polizisten, weil er Schupouniform trug, wie sie in den Großstädten üblich ist. Sie hatten es noch immer nicht begriffen, daß es aufhört mit dem Besonderen in den kleinen Städten.

Antenne ist Antenne, Auto Auto, elektrisch Licht elektrisch Licht, Schupo Schupo und Ordnung Ordnung. Und deshalb bekam die Schiffseignerin Butenhof ein Strafmandat, dem nach Zahlung einer für Wilhelmine im Augenblick kaum erschwinglichen Summe die Erlaubnis folgte, das Pferd dürfe täglich zwei Stunden auf dem Lantsch grasen.

Jedesmal, wenn Lattersch sein altes Pferdchen wieder über den Steg in seinen Verschlag führte, staunte er, welche Fortschritte die Ausbesserungsarbeiten an der ›Helene‹ von Tag zu Tag gemacht hatten.

Überall in der aufgerauhten dunklen Bordwand saßen helle neue Balken, der Geruch von frischem Holz kam zum Ufer, Hobelspäne und Holzstücke schwammen um die ›Helene‹ und legten sich als gelber Ring um den Kahn. Das Wasser im Hafen wurde dadurch noch trüber, als es im staubigen Sommer sowieso schon war.

Wilhelmine legte den Hammer aus der Hand und unterbrach ihre Arbeit; sie war fleißig mit tätig, sobald sie nicht in der Küche stecken mußte.

Sie nahm Lattersch das Pferd ab, und Hannchen tat entgegen ihrer Gewohnheit ein bißchen zärtlich.

»Hol uns Wasser aus der nächsten Pumpe«, bat Wilhelmine den Mann, damit er nicht erst wieder anfinge, auf dem Kahn herumzuschwadronieren, »das Hafenwasser ist so schlecht, daß ich es gar nicht abkochen mag.

Lattersch suchte auch gleich gehorsam Kanne und Eimer, was bei der augenblicklichen Unordnung auf dem Kahn nicht so einfach war.

»Das lernt Ihr nun auch kennen«, meinte das Kind ziemlich ernst, »auf der Oder leben und kein Wasser haben.«

Unter diesem Mangel litt man sehr. Er erschwerte die Arbeit. Die Leute waren leicht gereizt. Es war nur gut, daß die spöttischen Zurufe von den anderen Schiffern aufgehört hatten, weil man sich allmählich an die unglaublichen Vorgänge auf dem Butenhofschen Kahne gewöhnte.

In den ersten Tagen war es nur immer so gegangen:

»Ihr baut wohl einen neuen Zirkus?« und: »Nun ja, den Pferdestall fanden wir schon immer bissel eng.«

Für die Köbener Einwohner war die Schiffsrenovation eine große Sache, jedenfalls soweit sie arbeitslos waren. Von früh um acht bis mittags um zwölf und von eins bis um sieben pünktlich beobachteten die Köbener Arbeitslosen das Werk der Artisten und Maler, und zwar von zwei steinernen Bänken unter den gewaltigen Akazien am Hafen aus. Die linke Bank gehörte, als wäre es Brauch und Überlieferung, den jungen Arbeitslosen, die rechte den alten. Um acht Uhr jeden Morgen, wie gesagt, verabredete man sich, mit dem ersten Schlag der Mittagsglocken ging man auseinander und fand sich nach genau einer Stunde wieder ein, um sich erst mit dem Abendglockenläuten wieder zu trennen.

In den Stunden, die man am Hafen verbrachte, wurden Karten gespielt; auf beiden Bänken, bei den Jungen, bei den Alten. An den Enden der Bank drängten sich die Männer dicht zusammen, in der Mitte blieb ein Platz frei, und wer nun gar keinen Fleck zum Sitzen mehr fand, der hockte breitbeinig auf der Lehne und schmiß von oben seine Schellenkönige und Herzasse. Dazu wurde Pfeife geraucht. Nicht nur während des stundenlangen Skates; auch auf dem Weg von und nach Hause.

Gab es dann und wann auch einmal eine Abwechslung, waren es die Versuche, etwas Vernünftiges zu angeln. Meist gingen sie fehl. Jetzt hatten die Arbeitslosen aber eine Unterbrechung: die Gespräche über den Kahn.

Fordan, der sehr rasch einmal in die Stadt hinüberlaufen mußte, um Nägel zu holen oder Blech zum Beschlagen zu bestellen, hatte man schon ein paarmal herangewinkt und mit einer letzten Zigarette aus zerknüllter Schachtel bestochen, ein wenig zu erzählen. Wem der Kahn gehöre. Wer das alles bezahle. Ob man fertig würde. Wieviel Leute vielleicht noch gebraucht werden könnten.

Fordan renommierte nach Herzenslust.

Am Sonnabend kam Wilhelmine mit ihrer alten Ledertasche selbst an den Bänken vorüber. Sie hatte für den Sonntag eingeholt. Die alten Männer trauten sich nicht recht, obwohl lebhafte Verhandlungen mit der anderen Bank stattgefunden hatten. Die jungen Leute riefen die kleine Butenhof bescheiden heran. Und dann rückten sie mit ihrer Bitte heraus. Ob der Kahn wirklich ihr gehöre. Wer das alles bezahle. Ob man fertig würde. Wieviel Leute noch gebraucht werden könnten.

Wilhelmine fühlte sich sehr geehrt. Sie wollte sich gleich zu den netten Burschen setzen. Aber da auf dem Mittelplatz Karten lagen, stellte sie nur ihre Tasche ab und kletterte hinten herum auf die Lehne, und die beiden Männer dort machten ihr höflich Platz. Es gefiel ihr gut, so zu sitzen. Trotzdem war ihr ernst zumute.

»Ist ja alles Unfug, was mein Bootsjunge geredet hat. Gar kein Geld habe ich. Und die paar Leute, die ich durchhalten muß, sind alles Erwerbslose wie Sie.«

»Gelernte Arbeiter?«

»Nee, ausgesteuerte Artisten.«

Und ein arbeitsloses Zirkuspony hätte sie auch unten. Da kam ihr ein glänzender Einfall. Sie klopfte den beiden jungen Leuten, die rechts und links unter ihr saßen, vergnügt auf die blauen Mützen.

»Weil ich gar nichts für Sie tun kann, werden wir Ihnen Sonntag eine Vorstellung geben.«

Die Burschen wurden mißtrauisch.

»Kostenlos. Eintritt frei«, beruhigte die Butenhof und machte eine einladende Bewegung auch zu der anderen Bank hinüber. Die älteren Männer traten schwerfällig näher.

Sie faßte den Entschluß ohne große Bedenken, weil sie ihr Rückgrat durch Herrn und Frau Kapitän außerordentlich gestärkt fühlte.

»Außerdem«, gab sie sehr weit einen Einblick in ihre Gedanken, »außerdem hält es mir meine Radaubrüder bei Laune. Die wollen mal wieder einen ordentlichen Fez machen.«

Sie hopste vorn über die Bank, griff ihre Einkaufstasche auf und rannte zum Schiffssteg hinunter. Nach ein paar Schritten wandte sie sich mit gerötetem Gesicht noch einmal um: »Und meinem Jungen lasse ich vom Steuermann ein paar ordentliche Dinger löschen.«

»Wir danken schön«, riefen die Arbeitslosen von beiden Bänken, »und bitte, vergiß es nicht.«

Aber sie meinten die kostenlose Vorstellung.

14. Der Ehrenplatz

Wilhelmine hatte etwas zuviel versprochen. Am nächsten Sonntag war die Aufführung noch nicht möglich. Ohne jede Probe wollten die Männer auch keineswegs auftreten. Namentlich hatte aber Fordan vor, sich etwas einzuüben; mit dem bloßen Kostümieren und dem Harmonikaspiel durfte die neue Vorstellung für ihn nicht mehr abgetan werden. Die kleine Peinlichkeit mit dem Steuermann war rasch vergessen; er schüttelte alles schleunigst von sich ab und war immer ganz bei jeder neuen Sache. Radschlagen vorwärts und rückwärts. Das war jetzt der einzige Inhalt seiner Gedanken und das höchste Ziel seines Ehrgeizes.

Die Zeit für die Proben war – abgesehen von Hannchen und Lattersch – allseitig schwer aufzubringen. Ging die Tagesarbeit ihrem Ende zu, sackte man todmüde zusammen und war zu nichts mehr zu gebrauchen. Ganz allein Wilhelmine wollte nichts von Ruhe wissen. Unter den Farbtöpfen, die Herrn Senftlebens Geselle und Lehrling in einem Winkel sorgsam zusammengeräumt hatten, suchte sie sich Pinsel und eine Büchse mit Blau hervor und lackierte, bis Dämmerung und Mückengeschwirr es unmöglich machten, am Geländer ihrer Kajütentreppe herum. Von den Weidenbüschen her schwärmten die Mücken heran, als brüteten dort noch sumpfige Stellen vom letzten Hochwasser immer neue Tausende aus. Mit ihr jammerten und räsonierten die beiden jungen Männer und der Bootsjunge. Denn seit man die alten Segeltücher ans Ufer geschleppt und auf einen Haufen geworfen hatte, schliefen sie manchmal auf den Ballen Segel drüben, weil es in Laube und Koje zum Ersticken war.

»Die Mücken gehören nun mal zur Oder«, gab Wilhelmine endlich kleinmütig zu und klagte nicht mehr.

Unter all den Mühen der Menschen strahlte der Kahn ›Helene‹ in immer blauerem Glanz. Die Renovation war beendet, die Sonne zum Trocknen sogar erwünscht. Nur am Segel nähte man noch; dann kamen die Proben an die Reihe – und kurz vor dem großen Sonntag der Vorstellung, die nun zu einer Einweihungsfeier des blauen Schiffes wurde, hielt Wilhelmine plötzlich ihre ganze Mannschaft dazu an, Wimpel zu nähen und sie an Schnüre zu heften.

Die Malergehilfen hatten es beim Meister und seiner Verwandtschaft erzählt, wie viel herrlicher noch alles werden sollte auf der ›Helene‹; und von der Vorstellung war auch verschiedenes durchgesickert.

Herr Kapitän, Frau Kapitän, Schwester und Schwager sagten sich daraufhin zur Besichtigung des Kahnes und als Zuschauer für die Galapremiere an. Die Butenhof tat sich sehr.

So überaus erfreut die kleine Schiffseignerin sich aber zeigte, konnte sie doch eine gewisse Bedrücktheit nicht verbergen.

»Jetzt sind doch alle Schiffer neidisch auf meinen neuen Kahn und daß Sie als Kapitänsleute mich besucht haben. Und wenn wir auch noch wieder Zirkus –. Und die Polizei auch. Der Köbener Schupo. Wo sie nicht mal Hannchen umsonst weiden lassen!«

Frau Kapitän Woitschach entfaltete eine Geschäftigkeit, als sollte sie binnen zwei Tagen auch einen ganzen Schleppkahn renovieren, einen Zirkus begründen und die gesamte Polizei einer Reform unterziehen.

»Otto«, hieß es, »ohne Kapitän ist keine Disziplin im Schleppzug. Dem Butenhofkinde sein Kapitän ist auf dem Lande bei der Tochter und dem Schwiegersohn. Wir gehen auf alle Kähne und sorgen, daß das Mäderle seine Ruhe hat. Bissel fein mußt du es anfangen: sie sollen ihre Kinder ermahnen, daß sie am Sonntag das gute Werk für die Arbeitslosen nicht stören. Und ich werde sie in Wilhelmines Namen einladen.«

»Herr Bürgermeister«, ereiferte sich die Frau, »keine Lustbarkeit, Herr Bürgermeister. Die Künstler nehmen ja keinen Eintritt. Eine reine Wohltätigkeitsvorstellung, Herr Bürgermeister.«

Die Einmischung des Kapitänsehepaares übte eine erstaunliche Wirkung aus, auch wenn ein paar Mißgünstige noch auf den schönen Verdienst der Malerverwandtschaft anspielten.

Den Ausschlag gab aber, daß der Magistrat den Lantsch für den Sonntagnachmittag von drei bis sechs zur Verfügung stellte. Unter Aufsicht des Schupos. So lange reichte ja das Repertoire der Schiffsartisten gar nicht aus. Eine Stunde höchstens, auch wenn man Fordans Springerei mit einrechnete.

Der Lantsch war voll Sonne und Menschen. Im Kreise lagerten sich die Arbeitslosen von beiden Bänken mit ihrem ganzen Anhang; sie wurden von den Schifferfamilien umschlossen, deren Vergnügungssucht größer war als ihre böse Gesinnung gegen die ›Helene‹; außerdem wollten sie ihren Kindern endlich was bieten und dachten gar nicht mal mehr so übel von der ganzen Sache. Von der Stadtpromenade her fanden sich endlich noch Sonntagsspaziergänger ein und stellten sich, was anstrengend war, auf die Zehenspitzen. Aber da der Boden auf dem Lantsch so hart gedörrt war, sank man wenigstens nicht ein.

Für Herrn und Frau Kapitän hatte man die Bank von Wilhelmines Kahn auf die Wiese geschafft. Weil sie aber Platz für vier Personen bot, durften sich der Schupo und Wilhelmine in ihrem schwarzen Kleide zu den Gönnern setzen. Von einem Auftreten mit ihrem Tanz aus der Schifferschule in Fürstenberg wollte die Kleine nichts mehr wissen. Sie war erdrückt von Verantwortlichkeitsgefühl und mußte sehr oft gähnen, weil sie sich wirklich in den letzten Wochen zuviel zugemutet hatte.

Die Künstler steckten alle in der Mitte des freigelassenen Kreises in einem Zelt. Das alte Segel verrichtete noch ganz gute Dienste. Fordans Harmonikaspiel war zum Beginn der Vorstellung nicht so stimmungsvoll wie das Glockengeläut von der katholischen Kirche her; eine Viertelstunde lang, drei ganze Pulse wurde geläutet, weil es auch fromme Leute in Köben gab, die in den Nachmittagsgottesdienst gingen statt in den Schifferzirkus.

Fordan fand auch sonst nicht zuviel Beifall. Sportliches beherrschte ein großer Teil der Zuschauer nun einmal selbst zu gut; der alte Müßiggang mit seinen noch immer erstaunlichen Kräften dagegen machte aber einigen Eindruck. Alles rein Artistische wurde sehr beklatscht, da man dergleichen so lange nicht gesehen hatte. Der Schlangenmensch, von der vielen Arbeit endlich schlanker geworden, stand auf der Mitte zwischen Sport und Kunst; deshalb fand er im selben Maße Bewunderung wie nüchterne Abschätzung. Winderlich war nur in Gruppen zu verwenden, weil er es aus dem Leben mit Frau und Sohn nicht anders gewöhnt war.

Lattersch mit seinen Zaubereien rückte durchaus in den Vordergrund. Er war so ungeduldig, daß man seine Nummer vorverlegte. Den Höhepunkt bildete das Pony mit seinen Glocken. Die Frau Kapitän faßte Wilhelmine immerzu an den Arm.

»Es müßte auf eine große Varietébühne«, flüsterte sie, als säße man in einer Parkettreihe.

»Nee, dazu ist es nicht mehr jung genug«, wirbelten die Locken hin und her, und Wilhelmine war voller Wärme für ihr böses, altes, geschicktes Pferdchen. Sie wäre am liebsten zu ihm gelaufen und allein mit ihm auf dem Lantsch zur Weide gegangen. Jedenfalls sah sie über die Vorführung hinweg in das Grün und die Wolken und wurde gewahr, daß der starre blaue, durchsonnte Himmel eine bleierne Färbung erhielt, von der sich rundgeballte, dichte weiße Wolken scharfumrandet abhoben. In ihrer Mitte wuchs ein dunkler Fleck und zerteilte sich in seinem Kern nicht mehr.

Wilhelmine stieß beglückt mit dem Ellenbogen in Frau Woitschachs Hüfte, aber die war ganz bei der Zauberei und Springerei, den Kunststücken und der Musik. Richtig aufgeregt machte sie ihren Mann auf alles aufmerksam. Die Schwüle lähmte sie nicht, obwohl sich der eine oder andere Zuschauer müde ins Gras niedersetzte. Schließlich hatten ja auch allein Kapitäns, die Butenhof und der Schupo, der jung und vergnügt mehr als alle Erwachsenen lachte, von Anfang an eine Bank gehabt und konnten es aushalten. Frau Senftleben war sehr neidisch auf die Schwester; man war zwar eingeladen, aber ohne Sitzplatz. Ins Gras wollte sie sich im guten Kleide nicht setzen.

»Otto«, suchte die Kapitänsfrau auch ihren Mann anzuregen, »wie wär's, Otto? Was meinst du, Otto?«

Er murmelte zurück: »Wenn's mit dem Wasserstand gerade klappt – Ladung hat sie ja nicht mehr –«

Er wollte ungestört zusehen. Ohnesorge forderte zum Ringkampf heraus; der für die Arbeitslosen interessanteste Teil des Programms begann. Dann tuschelte wieder die Frau, und er beruhigte sie, teils weil es so in seinem Wesen lag und teils weil er recht hatte: »... ach nee, nee, für die Weinernte war die viele Sonne gar nicht so schlecht. Der quietschige Grünberger braucht Sonne und Sonne.«

Wilhelmine ahnte nicht, was über sie beschlossen wurde; denn an den Schupo gedrückt, war sie eingeschlafen. Und der Mann saß still da und tat, als merkte er es nicht; sonst hätte er sich vor den Leuten schämen müssen. Aber in die Hände klatschte er nicht mehr, während die feindseligsten Schiffer sich nicht genug tun konnten. Es galt Hannchens neuem Auftritt.

Auch Frau Woitschach nahm am allgemeinen Applaus nicht mehr teil. Sie mußte die Hände frei haben, um das Kind vom Schupo hinweg auf ihren Schoß zu ziehen. Was sie mit Otto verabredet hatte, wollte sie an die Kleine weitermelden, und da sah sie, daß Wilhelmine fest schlief.

»Die Luft drückt so; darum ist das Kind so müde; es wird ein Gewitter kommen«, nickte die Frau dem jungen Manne zu; gegen einen Polizeibeamten wollte sie nicht unhöflich sein.

Der Schupo hob den Kopf und fuhr sich mit zwei Fingern in den heißen Kragen seiner Uniform:

»Wenn es über die Oder kann, Frau Kapitän.«

15. Ordre zurück

Zwei Gewitter standen über dem Fluß. Es war, als ginge es die Erde drunten gar nichts an, als bedrohten sich die dunklen Wolken mit ihrem Donner gegenseitig.

»Wenn wir wenigstens eines bekämen«, seufzte Ohnesorge aus einem Spalt des Zeltes, in dem sich die Artisten nach der Vorstellung umzogen. Mit diesem Blick und dieser Äußerung erwies er sich als ein guter Schiffer, obwohl er eben den Triumph erlebt hatte, drei Partner aus dem Publikum glatt hinzulegen.

Nicht etwa deswegen, sondern weil man sich vor dem aufziehenden Wetter fürchtete, hatte eine allgemeine Flucht eingesetzt. Wilhelmine war davon erwacht und hatte auf die schweren Wolken gesehen wie ein Kind, dem man die Lichter des Weihnachtsbaumes anzündete, während es noch schlummerte.

Seit vielen Wochen war das nicht gewesen: die Schwalben kreuzten tief über der Oder. Verhaltener Donner bebte über der Flußebene, und einzelne große Tropfen mahnten daran, die Festtagswimpel der ›Helene‹ einzuziehen.

Mit keinem Gedanken trauerte Wilhelmine um den frischen Anstrich ihres Kahnes. Nichts Schöneres konnte für sie geschehen, als wenn endlich Blitze losbrächen und die Regenwolken aufrissen. Aber trocken und düster ballte Wolke sich gegen Wolke; die Gewitter stauten sich über dem Strom.

»Wenn's auch hier nichts wird –«, sprach die Butenhof aus der Kajütenluke zu Lattersch hinauf, der Hannchen in ihrem Stall anband. Die Fliegenbisse waren für Tier und Menschen so schmerzhaft, wie sie es nur vor einem Gewitter sind.

»Auch wenn es hier nichts wird«, wiederholte Wilhelmine zögernd, »weiter oben werden dann schon Gewitterregen gewesen sein, und es gibt wieder Wasser.«

In den Pappeln der nahen Buhne hörte man den Wind die Blätter wenden und herumwirbeln; es klang wie Regen. Doch der Sturm blieb trocken; nur grauer Staub wehte über den Lantsch hin. Die Oder wurde zur Grenze zweier Gewitter, die sich jenseits des anderen Ufers nicht entfalten konnten, so sehr sie hinüberdrängten. Den ganzen späten Nachmittag und Abend hindurch kreisten sie in engem Zirkel den Fluß hinauf, den Fluß hinab.

Durch die offenen Bullaugen über ihrem Bett hörte Wilhelmine nachts die Regentropfen auf dem Wasser springen. Kühler Wind wehte bis in den letzten Winkel des engen Kajütenraumes. Die Oder warf am Morgen kleine Wellen, die Ufer waren von Regen und leichtem Nebel wie verhängt.

Die Frau Kapitän fand dennoch gut über den Steg zur ›Helene‹. Nun würde das Wasser wieder steigen, redeten die ältere und die kleine Frauensperson; sehr bald würde die Oder wieder steigen.

Noch von der trockenen Zeit her hätte der Kapitän für den ›C. W. V‹ für den Fall einer Verbesserung des Wasserstandes Ordre zurück.

Und da die ›Helene‹ ohne Ladung wäre. Es könnte doch unter Umständen sehr gut sein, sich so bald in Stettin nach neuer Fracht umzusehen und mit dem ›C. W. V‹ hinunter zu fahren.

»Wie sonst nur die Expreßfrachter?« stimmte das Kind begierig zu. So schnell würde es gehen, derartig fix, daß der Dampfer einen Tag heraussparen könnte. Für einen Aufenthalt in Tschicherzig, erklärte die Kapitänin. Denn da die seichte Zeit bis in den September gedauert habe, kämen sie vielleicht gerade zum Winzersonntag zurecht, an dem sie im Grünberger Weinland die Ernte eröffneten. Da das immer ein großes Fest für den ganzen Oderstrich dort sei, hätten sie, die Kapitänin und der Kapitän, gedacht, die Butenhofschen Leute sollten dort doch mal so eine von ihren herrlichen Vorstellungen geben. Und gar kein Geld verlange der ›C. W. V‹, weil es ja für seine Tour so wenig ausmache, ob ein Leerkahn angeschlossen sei oder nicht. Denn Wilhelmine hatte etwas ängstliche Augen bekommen. Sie verfügte über die Männer hinweg. Das wußte sie zur Genüge, wie angenehm denen der neue Plan sein würde. Selbst Ohnesorge, den doch eigentlich manches in Köben halten mußte, war begeistert. Er eigentlich am meisten; er fand, daß die Oder verständiger sei als die Menschen: gerade, wenn so eine Sommerliebesgeschichte zu Ende gehen sollte nach dem unerforschlichen Willen eines Mannes, schickte die Oder Fahrwasser und man konnte los.

Tausend Dinge verrieten den Aufbruch auch der anderen Kähne. Die Schiffer und ihre Frauen hatten vom ersten Regentage an so viel zu tun, daß sie gar nicht darauf achteten, wenn es zwischen Kapitäns und der Butenhof jetzt immer hin und her ging. Die Mütter erledigten ihre Einkäufe für die neue große Fahrt, die Männer machten die Kähne bereit, der Dampferkapitän traf ein, und Kollege Woitschach verhandelte mit ihm, daß die ›Helene‹ sich seiner Ordre zurück anschließen dürfe. Wilhelmine sah das zurückgezahlte Schleppgeld sehr gern in ihrem Schube; sie war jetzt recht knapp an Mitteln.

Der ›C. W. V‹ mußte extra von Steinau heraufkommen, die ›Helene‹ zu holen. Ehe es die Leute im übrigen Schleppzug noch ganz begriffen, warf der Woitschachsche Raddampfer, rückwärts heranbrausend, im Hafen hohe Wellen. Der Butenhofsche Kahn zog gerade seinen Steg ein, als sich am Ufer, ganz genau gegenüber, die Arbeitslosen von den Bänken versammelten; und zwei von den jungen Leuten schwenkten eine reizende, blau bemalte Futterkrippe hoch in der Luft und riefen:

»Wartet doch noch – unser Abschiedsgeschenk für das Fräulein!«

Das Fräulein rannte an die Bordkante, bedankte sich und schrie immerzu hocherfreut und gerührt zu ihren Freunden hinüber: »Für

Hannchen? Selbstgezimmert? Vielen schönen Dank auch. Und blau bemalt.«

Die Männer drüben schlugen die Jackenkragen hoch, weil es ihnen in den Hals regnete, und schüttelten sich. Aber sie hielten stand, bis Kahn und Dampfer sich in Bewegung setzten.

Der Steuermann nahm die Potsche zum Abstoßen zur Hand, der Kapitän sprach in sein Messingrohr, und wieder einmal trennte sich der Kahn ›Helene‹ von seinem Schleppzug.

Wilhelmine wich und wankte nicht, so sehr es auch goß. Sie mußte es vom Deck her ganz auskosten, daß sie eine Abschiedsdeputation zurückließ, und wollte es ganz genau wissen, ob man ihren Aufbruch auf den Kähnen im Hafen auch genügend beachtete. Nur durfte sie ihren Triumph nicht so weit genießen, daß sie die Wimpel aufmachte. Der Regen rauschte zu dicht.

Die anderen Kähne krochen langsam die ersten Meter stromauf, als die ›Helene‹ schon weit dahingeflogen war mit den Strudeln der Strömung und den unermüdlichen Schaufelrädern des ›C. W. V‹.

Ohne Farbe, ohne Leuchten lag der Fluß im regentrüben Land; dunkel stießen aus all den Häfen die Schleppkähne auf den Strom hinaus und verschwanden im herabgedrückten Rauch ihrer Dampfer und im Nebel der Oderniederung. Allein das blaue Schiff war wie ein letztes Sommerlicht über dem Fluß. Die Regentropfen sprangen wie Silberkugeln von der Wasserfläche auf und zersprühten wie Brunnenspiele.

Vor der Abfahrt hatte Wilhelmine Butenhof sich mit Frau Kapitän Woitschach noch über die Einladung, auf dem ›C. W. V‹ die kleine Kajüte zu beziehen, unterhalten. Aber Wilhelmines Überzeugung ging nun einmal dahin, daß Kapitänsfrauen auf ihren Dampfer gehören und Schifferfrauen auf ihren Kahn. Sie scheute sich gar nicht, es so auszusprechen.

Schließlich wurde man schon Fräulein tituliert.

16. Stromab mit frischem Pflaumenkuchen

In Glogau wurde angelegt, obwohl keine Notwendigkeit vorlag. So oft es aber nur möglich war, bestand Frau Kapitän Woitschach auf diesem Aufenthalt. Vor ihrer kleinen Tochter letzter Fahrt war man in Glogau zum letzten Male an Land gewesen, in Filkes Spiel- und Galanteriewarengeschäft am Ring. Wenn man in Glogau haltmachte, stand der Besuch bei Filke als letzter und wichtigster Punkt, als feierlicher Abschluß auf dem Programm. Und jedesmal mußte die Mutter dem Kinde versichern, daß Herr Filke wirklich nicht der Weihnachtsmann wäre. Ganz geheuer war es ihrem Mädelchen nie damit gewesen; die guten braunen Augen, der weiße Bart, das hohe Alter, die Pelzmütze, die Herr Filke auch im Laden trug, die Anhäufung von Spielwaren um ihn – das konnte einen schon daran irremachen, daß der richtige Weihnachtsmann auf einem weißen Schiff die Oder herabkäme, vom mährischen Gesenke, von der Quelle her, und daß er immer auf der Oder hause, im Sommer an einer geheimen, vereisten Buhne, die niemand kenne. Da wo die Eisschollen herstammen, die »Brieger Gänse«, dort sollte die Höhle sein. Hinter dem Ohlauer Walde.

Das Kapitänstöchterchen war sehr für das Poetische gewesen, und niemand wußte, woher sie das hatte. Aber die Mutter meinte später, bei Kindern, die sehr zeitig sterben, dürfe einen das nicht wundernehmen. Immerzu wollte das Kind Märchen erzählt haben, und am liebsten hatte es die alte Odersage aus Glogau. Immer auf dem Rückweg von Filke war sie wieder fällig: auf der düsteren Straße, die an dem grauen Block des Schlosses vorbeiführte, das die Tänzerin Barbarina bewohnt hatte; beim Überqueren des Franziskanerklosterplatzes mit seinen scharfen Giebeln.

Die Kapitänsfrau erzählte ihrem Kinde etwas zu derb und zu schnell. Die Kleine war meist unzufrieden und ruhte nicht eher, bis die Mutter die traurige und liebliche Geschichte Wort für Wort auswendig lernte, wie sie in dem Niederschlesischen Heimatkalender gedruckt stand.

Als die Kapitänin heut nun nach Jahren wieder mit einem blonden Mädelchen an der Hand die alten Wege hier ging, mußte ihr ja alles wieder einfallen, haarscharf.

Mit Wilhelmine Herrn Filke in seinem Spielwarengeschäft zu besuchen, das allein hatte sie nicht fertiggebracht. Nur in der Konditorei nebenan war man gewesen, und da war es nun derselbe Weg zum Hafen; am Torbogen der Schloßeinfahrt fing sie mit der Geschichte an, und am Kloster konnte sie schon ohne Nachdenken alles auswendig sagen: Wie ein Knabe sich »Oder« nannte, weil er am Ufer des Flusses aufgefunden worden war und nichts über seine Herkunft zu sagen wußte. Wie er mit den Wassertropfen des Stromes spielte und in ihm sich spiegelte, weil er keine Gefährten fand um seiner Seltsamkeit willen. Wie er heimkehrte in sein weites, kühles Vaterhaus, den Fluß.

Wilhelmines Stimme war nicht so ganz sicher und noch eine kleine Spur rauher als gewöhnlich, als sie fragte: »Dann sind Sie wohl manchmal gar nicht so traurig, daß Ihr kleines Mädchen auch bei der Oder ist, Frau Kapitän?« Und dann meinte sie noch altklug: »Ich will Ihnen etwas sagen: für mich ist Ihre Geschichte zu fein. Aber Sie müßten sie einmal Onkels Großneffen, dem Michel in Zeuthen, erzählen; ich glaube, der versteht so etwas gut, weil er so traurige Augen hat und die Oder auch so gern mag. Schade, daß wir in Zeuthen nicht auch noch anlegen können. Nun werden Sie ihn nicht kennenlernen. Aber ich werde Ihnen sein Haus zeigen und die Fischertreppe, die er immer hinaufgeht zu seinem Fräulein Zerline.«

Und nun erzählte Wilhelmine ihrerseits eine Geschichte, und es war die von Michel, dem Flittermantel und dem Dampfer. Es lag wohl daran, daß man auf Zeuthen zufuhr.

Aber schon oberhalb der Zeuthener Fischerei, an den breiten, grünen Hügeln der Nenkersdorfer Schweiz, machte Frau Kapitän ganz wider Wilhelmines Erwarten die Bekanntschaft ihres Freundes, wenigstens aus geringer Entfernung.

Michel Burda hatte Wilhelmines Rat befolgt und in seinen Mußestunden des Vaters dürftigen Marketenderbetrieb etwas ausgebaut, das hieß, er führte mehr Ware mit sich und wagte sich ein erhebliches Stück weiter auf den Fluß hinaus. So hatte er sich heut von einem der ersten Schleppzüge, die schon wieder von Stettin heraufkamen, bis fast nach Tschirne, nach des tollen Grafen Pückler Tschirne, mitziehen lassen und von Kahn zu Kahn ein gut Teil Ware abgesetzt. An einer Buhne wartete er dann, bis ein Kahn oder Dampfer stromab sichtbar wurde, damit er ihm den Rest seiner Ware aufschwatzte. Das machte den Vater allen Vorschlägen, in die Marketenderei etwas zu stecken, immer wesentlich zugänglicher, wenn Michel mit leerem Boot heimkam.

Der feine blaue Kahn, der da als Expreßfrachter mit dem Dampfer ›C. W. V‹ auftauchte, erschien dem Jungen als geeignete Kundschaft.

Da man in Glogau zu Einkäufen keine Zeit gefunden hatte, war es Frau Kapitän Woitschach nicht unangenehm, sich noch einmal verproviantieren zu können. Michel legte am Raddampfer besonders vorsichtig an, und Wilhelmine rannte fassungslos ans Bug:

»Frau Kapitän, Frau Kapitän«, schrie sie durch den Trichter ihrer Hände, »das ist er, das ist er. Er soll auch zu uns kommen.«

Michel Burda mußte sich damit beeilen, weil der Zeuthener Hafen schon ganz nahe war und er es nicht mehr wagte, auf einen neuen Schleppzug für die Fahrt stromauf zu hoffen, falls er sich jetzt zu weit mittreiben ließ. Ganz flüchtig durfte er sich nur mit Wilhelmine begrüßen.

»Na, siehst du«, sagte sie und raffte in höchster Eile den ersten frischen Zeuthener Pflaumenkuchen in ihre Schürze.

»Und mit dir geht's ja immer höher hinaus«, vermochte er gerade noch zu antworten und stieß vom Kahne ab, quer durch einen Entenschwarm in den Hafen zu steuern. Den Onkel konnte die Butenhof gar nicht mehr herbeirufen; er tröstete sich mit dem Pflaumenkuchen leicht darüber, daß er aus purer Bequemlichkeit nur unten aus dem Bullauge auf die Heimat hinübergeschaut hatte und um die Begegnung mit einem Familienmitglied gekommen war. Der Onkel fand mit der ganzen Verwandtschaftsgeschichte nicht alles so, wie es sein mußte; er gehörte zu dem blutsfremden Mündel und sein Schwestersohn zu Fräulein Zerline.

Frau Kapitän Woitschach räumte indessen ihre von Michel erstandenen Tüten und Päckchen in den Kajütenspind.

Es gibt gar nicht soviel Kinder, wie die alten Leute brauchen, dachte sie dabei, nur die jungen Ehepaare wollen immer keine Kinder.

17. Wimpel, Hüte und Grünberger Wein

Dreimal in ihrem Lauf fließt die Oder lange durch Wälder hin. Bis zu den Sandstreifen der weidenbestandenen Buhnen hinunter zieht sich die tiefe Wirrnis uralter Bäume. Eichen, Linden, Buchen, Ahorn und Kastanien schließen ihre Äste zu machtvollen Bögen über wildem Beerengesträuch und tiefen, stillen Seen von unheimlichem glattem Schwarz zusammen. Oderwaldblumen – leuchtender, größer, fremder als die Blumen des Landes – sind mit Schilfen und Binsen gemengt. Blätterranken umwinden die Stämme, ziehen sich schwebend von Krone zu Krone und schwanken lange, wenn der tiefe Flug eines Flußreihers sie streifte oder ein Storchenpaar aus der Weite niederstieß zu einem übersonnten Sumpf, den tausend und aber tausend kleine

Blüten von Wasserschlinggewächsen dunkelgrün wie mit Moos und Silber bedecken.

Einmal im Jahr ist die Oder mit den Windungen ihres Waldes einem Regenbogen gleich: Wenn die letzten schweren Gewitter des Hochsommers neues, schwellendes blaues Wasser brachten und alle die dunkelstämmigen hohen Bäume den Glanz der Sonne widerstrahlen, die eine Reifezeit und eine Erntezeit der Felder hindurch über ihnen ruhte! Der Himmel wird durchsichtiger, ferner und kühler, die Blätter fallen, blaßgelb und dunkelrot, in unentwegtem Taumel auf die Ufer nieder, wehen in die Strömung, treiben mit den Wolken hin, die sich im Flusse spiegeln.

Dann ziehen die Kähne auf der Fahrt stromab ihr schweres Segel auf, der Mast wird gerichtet, der Kreuzsteg oben und unten an ihm festgehämmert, der Herbstwind wirft sich in das graue Tuch, und stolzer und festlicher schwimmen die Schiffe dahin. Die Zurufe der Männer von Kahn zu Kahn sind froher und lauter als sonst.

Wilhelmine Butenhof wußte sich vor Stolz gar nicht zu fassen. Was sie wohl auf den bekannten Kähnen sagen mochten, die einem begegneten oder die man überholte – das namentlich –, wenn die ›Helene‹ an ihnen vorüberflog, neu und blau, als Expreßfrachter vom Raddampfer ›C. W. V‹ in Schlepptau genommen! Für sie war es überflüssig, die Segelbahn aufzurollen – aber die Männer auf ihrem Schiff mußten ein übriges tun und das Segel hervorholen, obwohl die Frau Kapitän drüben vom Heck des Dampfers aus fragende Gebärden machte. Wilhelmine nickte nur immer freundlich: »Doch, doch.«

Ohne Segel wäre es für sie kein richtiger Herbst auf ihrem Kahn und ihrer Oder gewesen. Nun sah sie, die Hände auf dem Rücken und den Kopf emporgestreckt, wie der Wind Körbe voll gelber Blätter in ihr Segel warf und über ihr blaues Schiff ausschüttete. Und da es nicht mehr weit war bis Grünberg und bis Tschicherzig, konnte niemand das kleine Mädchen auslachen, daß es auch die Wimpel und die Fahne ihrer ›Helene‹ flattern sehen wollte.

Leuchtend blau, bunt behängt, mit geschwelltem neuen weißen Segel, von der Wolke des Dampferrauches freundlich umhüllt und mit den Gaben der herbstlichen Bäume bestreut, glitt der Kahn aus dem Walde und winkte mit seinen Wimpeln und Fahnen den sandigen Hügeln des Weinlandes. Auch andere Kähne strebten, nur langsamer, zum gleichen

Ziel. Wer es nur irgend einrichten konnte, wollte am Winzerfest in Tschicherzig noch teilnehmen.

Von Grünberg bis zum Dorfe Tschicherzig wölben sich die kleinen gelben Berge, mit niedrigen, buschigen Weinstöcken bepflanzt, in breiten Wellen. An ihrem Fuß liegt Dorf bei Dorf. Die Häusergruppen sind nicht durch Felder, sondern üppige Obstgärten miteinander verbunden. Wie droben im Oderwald die Eichen und Buchen, so wachsen hier über Kürbissen, Astern, Malven und Gladiolen die Birnen-, Äpfel-, Nuß- und Pflaumenbäume am Ufer, und Zweige mit runden, wächsernen Kartäusern und rauhen, fiedrigen Quitten hängen auf den Rand des Stromes herab. Jeder der Gärten hat in seinem Lattenzaun eine Tür zum Ufer, zum Steg und zum Pfahl, an den der schmale schwarze Kleinkahn gebunden ist.

Die Früchte in der Niederung sind saftig und schwer; der Wein auf den Hügeln reift nur in kleinen, dürren Reben am Stock. Denn es ist das nördlichste Weinland der Erde. Die Menschen dort wissen es und zeigen ihren Stolz darauf. Wenn die Weinlese beginnen soll, begehen sie am Sonntag zuvor ein hohes Fest. Schon am Sonnabend kann jeder es merken, daß große Dinge sich anbahnen wollen.

Ginge es biblisch zu, so stünde in diesen Septembertagen über dem einzigen hochgelegenen Oberdorf ein heller Stern, genau über der Mitte der Weinberge, über der Kirche von Tschicherzig. Aus den Gartendörfern der Ebene, vom sandigen Hügelland her, aus den ruhigen, dunklen Waldhügeln weiter südwärts pilgern schon am Sonnabend die Frauen nach dem Festort. Und es ist, als gälte ihre Wallfahrt einer Göttin dieses Weinlandes. Die heißt Fräulein Speer, und ihr gehört das einzige Putzgeschäft der ganzen Gegend.

Einmal im Jahr, vor dem Weinlesesonntag, sprechen die Frauen am rechten Oderufer in weiter Runde von Fräulein Speer. Sie selbst vergißt es dann, daß sie außer der Ausübung ihrer modischen Macht noch ein wenig mit Spielzeug handelt, kleinen vergrauten und verbogenen Wattekätzchen; nicht einmal dazu kommt sie wie sonst – sommers und winters –, auf dem lila Kachelofen in ihrem Laden ihr Mittag- und Abendessen zu kochen. Zu diesem Zweck muß sie immer auf einen Stuhl steigen. Das ist eben das Zeitraubende. Am »Weinlese«-Sonnabend hat Fräulein Speer ihr Schaufenster umzugruppieren. Hüte für Sommer und Winter liegen immer gleichzeitig darin; auch die kleinen Wattekätzchen sind immer wieder hübsch. Aber zu dem großen Sonnabend schmückt sie ihr Fenster mit ein paar Weinranken; und das ist immer das Zeichen, daß eine neue Saison begonnen habe.

Von den späten Nachmittagsstunden an kommen die Frauen den sandigen Berg herauf. Den Rebenstöcken, durch die sie wanderten, schenken sie keinen Blick. Vom Stand der Ernte würden sie sich ja morgen überzeugen. Auch die riesigen Türme der bereitgestellten, ineinander geschachtelten Traubenkörbe beachten sie nicht und halten sich nicht an der Kirche auf, obwohl kleine Kastenwagen mit Girlanden an dem offenen Portal und der Sakristeitür stehen.

Morgen werden diese Girlanden in der Kirche aufgespannt sein, und Kreuze, Anker und Herzen aus roten und gelben und weißen Papierrosen werden leise raschelnd an ihnen hin und her schaukeln. Die Frauen gucken nicht einmal auf des Fräuleins Fenster, mag auch das Fräulein darin zeigen, was die Frauen lieben, zu Wasser und zu Lande.

Sie lassen die Türglocke anhaltend läuten, bis sie sich durch die halb offene, schmale Tür gezwängt und die beiden Stufen in den dämmrigen Raum hinabgetastet haben. Das Fräulein verkauft nur bei Lampenlicht.

Im Laden sind vier Schnüre von Ecke zu Ecke gezogen. Daran hängen die Hüte. Sie hocken, soweit sie Federn haben, droben wie Flußreiher und Odermöwen, wie Zwerghühner und Strupphühner, Malaienhühner und sogenannte Italiener. Andere Hüte hängen wie Zweige mit Pflaumen und Kirschen herab, wie Ährenbündel und Sträuße von Korn und Mohn. In roher und rührender Weise tragen diese Hüte zum Schmuck, was die einen dieser Frauen jahraus, jahrein pflanzen und ernten und was die anderen manchmal ersehnen, wenn ihr Kahn an Feldern und Gärten vorüberfährt und nur nachts fern von ihnen vor Anker geht.

Das ist der Reichtum dieses Ladens: alle Unterschiede der Jahreszeiten haben aufgehört. Jahr um Jahr reifen auf den Hüten in des Fräuleins Putzgeschäft Kirschen und Pflaumen zu einer Zeit. Was soll angesichts solchen Wunders noch ein Wechsel der Modelle.

Verschämt und glücklich im Bewußtsein, gutes Geld im Portemonnaie zu haben, für das man etwas verlangen kann, stehen die Frauen vor der lodernden Fülle ihnen vertrauter Ernteschönheit auf kleinen, steifen schwarzen und braunen Tellerchen aus hartem Bast und Filz. Wie sollte eine dieser Frauen einer dieser Hüte nicht kleiden? Sie setzen ihn vor dem schmalen blinden Spiegel einmal so und einmal so, und finden es immer richtig.

Wilhelmine Butenhof steht mitten unter ihnen und ist fest gewillt, anläßlich des morgigen Festes ihre Trauer endgültig abzulegen. Sie drängt sich so vor und benimmt sich so laut, daß Fräulein Speer ihr ganz ängstlich den Hut hinüberreicht, den Wilhelmine sich mit beiden Händen aus einem ganzen Berg herausgreift: kunterbunt und beglückend reich voller Blumen, Möwenflügel und Band, daß alle Wahl verstummt vor diesem Werk des Fräuleins, auch wenn es für eine ganz erwachsene Frauensperson bestimmt ist.

Die Putzmacherin drückt an Wilhelmines Locken herum.

»Der Hut ist dem Fräulein zu klein«, will sie ihre Kundin streng reell bedienen.

»Dann werde ich ihn eben höher tragen«, antwortet ihr die junge Schiffseignerin voller unerwarteter Güte und in ihrer gewohnten Entschlossenheit.

Das Fräulein hat den Frauen – ja, schnell muß das Fräulein an diesem Sonnabend sein – ihre Hüte in gediegene Beutel verpackt, und die Frauen verlassen fröhlich mit großen, guten Huttüten den Laden und wünschen Fräulein Speer einen guten Festtag. Mit einem breiten, stillen Glanz auf ihren Gesichtern gehen die einen ihren Gehöften, die anderen ihren Kähnen zu. In ihren Händen tragen sie beseligendes Eigentum und haben ihr Genüge allein an ihm und haben teil an aller Erfüllung.

Für die Männer ist die Wahl des Feiertagshutes natürlich einfacher. Die von den Schleppkähnen mit ihren bunten, großen Strohhüten suchen sich am Sonntagmorgen die blaue Tuchmütze mit dem gestickten Anker über dem Schilde hervor. Die Gäste auf dem Weinfest, die aus der Gegend südlich der Oder stammen, sind Holzbauern aus den Hügelwäldern und setzen sich festtags ihren Zylinder auf. Wohnen Bauern auf dem nördlichen Ufer, so verlassen sie ihr Gartentor an diesem Tage nicht ohne die Kapitänsmütze auf dem Stoppelhaar. Die Heidebauern aber, die weiter her von Carolath und Hohenborau, aus der Heide kommen, mit dem Fahrrad – meist ein Kind auf der Lenkstange –, führen zum letztenmal ihren derbgeflochtenen Strohhut aus. Dann laufen sie baren Hauptes, bis die Frau ihnen, um den Totensonntag herum, die Pelzmütze aus dem Mottenkasten aufs Fensterbrett zum Lüften legt.

Die vom südlichen Ufer setzen mit Pferd und Wagen auf der Fähre über und sehen die Oder nicht und reden vom Holzgeschäft und denken an den Gasthof, in dem die Flaschen mit dem alten Jahrgang Grünberger

Wein aufgestapelt stehen. Die Gartenbauern von der Nordseite sind guten Mutes, sich endlich einmal wieder ordentlich mit Schiffersleuten über die Oder unterhalten zu können: wann das Hochwasser kommen wird; ob es diesmal etwa ganz ausbleiben könnte; ob sie etwa einmal ohne Furcht vor der Oder sich auf die nächste Obsternte freuen dürften, und auf dem Wege, dem alten Jahrgang Grünberger den Garaus zu machen und die Ernte der Nachbarn Winzer mit zu eröffnen, stecken sie sich noch William-Christbirnen und Butterbirnen rechts und links in die Jackentaschen.

Eine Gruppe aber, und sie ist von Wichtigkeit, trifft in Hanomag und kleinem Opel ein, mit Baskenmütze, Sportmütze und grauem, regulärem Herrenfilz. Das sind Weinhändler. Sie allein sind mißvergnügt. Grämlich schlendern sie durch die Weinberge, zupfen an den spärlichen grünen, kleinen Trauben und zucken die Achseln.

»Der wird wie der vorige Jahrgang, garantiert«, beruhigt sie der Winzer und schenkt ihnen in der Tür seiner Hütte in die bauchigen Gläser mit dem dicken Fuß bis zum Rande ein.

»Eben deshalb«, verziehen die Herren das Gesicht und schieben ihren grauen Konfektionshut in den Nacken.

Mit Seidenband, Blumen und Möwenflügeln auf dem Haupte rauscht Wilhelmine Butenhof an ihnen vorüber.

»Ein Schluck gefällig?« ruft ihr der Winzer nach.

»Ich danke«, neigt das Kind den schweren Hut, »ich muß schleunigst in die ›Traube‹. Meine Leute beginnen jetzt gleich mit der Vorstellung.«

»Ach, das ist die«, löst der Winzer den Händlern das Rätsel.

18. Große Wäsche

Die ›Helene‹ hatte von Tschicherzig ab so etwas wie Ladung. Im leeren Laderaum war in einem Winkel, zwischen zwei Schütten Stroh, eine erhebliche Anzahl Flaschen Grünberger Wein aufgeschichtet; ein Korb mit Birnen und ein Korb mit frühen Äpfeln, eine geflochtene Schwinge mit Pflaumen und ein Sack mit grünen Nüssen füllten die oberen Ecken ganz schön aus. Die Winzer in Tschicherzig und ihre bäuerlichen Nachbarn hatten es gar nicht begreifen können, daß man ihnen eine so hübsche und komische Aufführung ganz umsonst bot. Aber der Vormund und das Mündel hatten immerzu sehr, aber auch wirklich sehr bedauert, nichts nehmen zu dürfen. Da hatten die dankbaren Zuschauer sich nicht lumpen lassen wollen und versprochen, sich in Naturalien erkenntlich zu zeigen. Anderen Leuten gegenüber aber, die von diesen Verhandlungen nichts wußten, hatte die Frau Kapitän zur rechten Zeit das rechte Wort gefunden. Die rechte Zeit war der Moment, in dem man gerade die Schlußnummer so belachte und von den langen Bänken und Tischen im Saal aus dem Pony Hannchen begeistert zutrank.

»Nein, fordern dürfen sie wirklich nichts«, gab die angesehene Kapitänin rechts und links Auskunft, »aber natürlich dürfen Sie ruhig ein bissel Geld schenken; die Kleine erhält ja ganz allein die vielen erwerbslosen Artisten und will noch viel mehr dazu holen auf ihren Kahn.«

Da griffen die Leute rechts und links von der Frau Kapitän tatsächlich, wenn auch mit Vorsicht und Überlegung, in ihre Tasche. Eine blaue Kapitänsmütze, ein schwarzer Zylinder und der graue Filzhut eines umgestimmten Weinkaufmanns gingen durch die Saalreihen von Hand zu Hand. Zehnpfennigstücke, Fünfzigpfennigstücke – doch die galten dann für eine ganze Familie –, Fünf- und Zweipfenniger wurden nach der Vorstellung in der allein von Wilhelmine Butenhof beherrschten Damengarderobe neben der Bühne aus den Hüten gestürzt. Die beiden Markstücke hatten Herr und Frau Kapitän Woitschach eingeschmuggelt. Mit der Sammlung war ihr Ziel erreicht: dem Kinde einen kleinen Ausgleich zu schaffen für die enormen Ausgaben, die es mit der Renovation seines Kahnes gehabt hatte und von denen es sich gar nicht erholen konnte, weil zu viel Anforderungen durch die Beköstigung der Männer gestellt wurden.

Wilhelmine wachte eisern darüber, daß alles unter ihrem Gewahrsam blieb; das Geld, der Wein, die Früchte. Trotzdem war sie keineswegs besonders guter Laune, als die Fahrt am Montag weiterging. Die Männer wollten zum zweiten Frühstück eine Flasche Wein, sie suchten die Butenhof lustig zu überrumpeln – Wilhelmine war auf Deck nicht zu finden. Sie hockte auf ihrem Bett und hatte ihren Hut vor. Einer nach dem anderen versammelten sich die Männer um sie: saßen um den Tisch, lehnten am Wandschrank; und von der Höhe seines Federbettes her grollte ihnen das Kind.

Es hatte die Beine gekreuzt und seinen kostbaren Hut zwischen die Knie geklemmt, riß an den Möwenflügeln, zerrte an den Schleifen, zerknüllte die Krempe und drückte die Kopfform ein.

»Gibt keinen Wein«, brummte Wilhelmine. »Weiß überhaupt noch nicht, ob ich nicht alles zurückschicke.«

Die Männer konnten sich nur ansehen.

»Die haben sich ja ganz gemein benommen«, tobte es auf dem Bett weiter, und die Blumen aus Samt und Tüll fielen auf den Boden. »Wie ich mir abends meine Einkaufstasche geholt hatte und das Geld auf den Kahn tragen wollte – tücksche Äster. Erst haben sie so freundlich getan –«

»Und dann?« zeigte sich Gura vor allem gespannt, weil er sich nicht vorzustellen vermochte, daß jemand einmal auch einer Wilhelmine Butenhof grob gekommen sein konnte.

»Meinen Hut haben sie ausgelacht«, gestand sie und schob die Unterlippe vor, und die Augenbrauen, hochgezogen, verschwanden unter den Stirnlocken.

»Nee, aber, du lieber Himmel«, jammerte der Onkel, der das gut verstehen konnte, mehr über die überflüssige große Ausgabe im Putzgeschäft als über sein beleidigtes Mündel, »aber deshalb darfst du doch nicht so ein schmuckes Ding kaputt machen. Den hätten dir ja die feinsten Damen in Stettin noch abkaufen können, vielleicht.«

»Vielleicht«, äffte Wilhelmine ihm nach, »vielleicht zerreiß' ich meine Hüte, wie es mir paßt. Vielleicht setze ich mich auch darauf.«

Winderlich befürchtete noch schlimmere Ausdrücke und erhob sich. In der Nähe der Tür hatte er eine Fluchtmöglichkeit; deshalb wagte er einen Einwand:

»Das hübsche glatte Seidenband hättest du mir aber wirklich lieber als Schlips schenken können.«

»Du mich auch«, schaukelte die Kleine wütend auf dem Hut.

»Und mit den Möwenflügeln hätt' ich mir vielleicht ein ulkiges Zauberstückel ausgedacht«, klagte der alte Lattersch.

»Hab' selber schon gezaubert«, zog Wilhelmine das zerpreßte Filzwrack hervor und warf es über die Köpfe ihrer Leute hinweg mitten auf den Tisch.

»Das geht aber wirklich nicht«, schimpfte der Steuermann und stieß wütend den Tisch von sich, »wie du mit uns umspringst. Du kannst halt doch nicht ganz vergessen, daß du schließlich noch ein Schulmädel bist.«

»Deshalb habe ich ja den Hut –« flüsterte Wilhelmine leise und tief.

Sie stemmte die Hände in die Kissen und sah von droben mit weiten Augen auf den jungen Mann, der so schalt.

Und dann gruben sich ihre Locken in das Federbett, und die Männer blickten betreten vor sich hin.

»Nu flennt das Hundel«, wurde Müßiggang weinerlich und schlug mit den Fingerknöcheln unruhig auf die Tischplatte, »warum flennst du denn, mein Hundel – flenn och nich.«

»Ach nee, flenn nich«, strich Gura sich mit beiden Händen nervös über Scheitel und kahle Stellen seines Hauptes.

Wilhelmine rührte sich nicht. Den vieren – Fordan war am Steuer geblieben – war es nicht geheuer, und sie verschwanden einer nach dem anderen, am letzten der Onkel. Als er wieder auf Deck war, winkte ihn Frau Woitschach ans Bug. Nicht erklären konnte sie sich, warum heut, ausgerechnet heut, zwischen ihr und dem Butenhofkinde nicht die übliche Begrüßung von Dampferheck zu Kahnbug stattfand.

Der Alte tat bedenklich und unsicher, als er Auskunft gab:

»Eben, eben, Frau Kapitän, eben, eben. Unser Mädel stößt heute der Bock. Unser Kind ist heut gar sehr schlechter Laune, Frau Kapitän. Aber derentwegen sind wir unserem Mindel noch nicht böse.«

Er rief laut genug, und Frau Woitschach verstand ihn und gab sich zufrieden, obwohl sie ein wenig enttäuscht war.

Müßiggang ließ es keine Ruhe. Er kletterte wieder in Wilhelmines Kajüte hinunter, bis zur halben Treppe.

Die Kleine hatte sich ihre Blechwaschschüssel auf den Küchenstuhl gestellt, tauchte das Handtuch ein und fuhr sich viele Male über das Gesicht. Schweigend hängte sie ihren Spiegel an einen Wandhaken, holte die Bürste, den Kamm, strich die Locken seitlich und hintenüber. Die Augen waren sehr dunkel, und unter der Nase mußte Wilhelmine sich noch ein paar Tropfen wegwischen.

»Da werd' ich mir nur meinen Sack packen«, als rechtes Schifferkind gab es für sie keinen Korb und keinen Koffer, »und mein Paket verschnüren.«

Jetzt wurde der Vormund aber grimmig. Er schalt:

»Nu so ein dummes Gequatsche, so ein dämliches. Nee, so zu reden. Weil und daß dir der Ohnesorge – da ist das noch gar kein Grund – wenn du – und er hat dir auch –«

Wilhelmine schüttelte den Kopf, langsam und sanft.

»Weil ich in die Schule muß, Onkel.«

Da war der Onkel aber bei ihr unten.

»Also was das betrifft – nee, das ist ja, du lieber Himmel, ach, du lieber Himmel –«

»Hilft gar nichts, Onkel«, wehrte Wilhelmine ab und räumte ihre Waschschüssel weg, damit der Vormund sitzen konnte. »Gerade die große Wäsche kann ich noch fertig machen, und dann sind wir in Fürstenberg, und der Dampfer nimmt Kohle, und ich muß vom Kahn, und die Winterschule geht los, weil es erster Oktober ist.«

In knapp zehn Minuten mußte es der Onkel dem Winderlich, dem Gura, Lattersch, dem Steuermann und dem Bootsjungen erzählt haben. Denn als Wilhelmine sehr artig bat, einer möchte ihr doch ein paar Eimer Wasser 'raufwinden, stürzten die Männer nur so nach Kanne, Tau und Eimer. Ohnesorge rannte in die Küche hinunter und stellte am Heck das Waschschaff auf, Fordan kramte in dem Persilkasten, der feine Winderlich versicherte, er könne plätten helfen. Aber so weit war es noch nicht.

Alle brachten ihre Bündel Wäsche, Fordan sollte bei Wilhelmine bleiben und ihr auswinden helfen, Lattersch kam noch ein zweites Mal, Hannchens Samtschabracke unter dem Arm; ob das Ding sich nicht auch waschen ließe, vielleicht.

»Du bist doch ein selten dämliches Luder«, zog Müßiggang ihn am Ärmel zurück. Wilhelmines Locken verschwanden fast im Seifenschaum. Fordan wand ein Tischtuch aus, daß es wie ein Tau zusammengedreht wurde.

19. Diebstahl in der Männerkoje

Neben Winderlichs Plättbrett häuften sich die Wäschestöße. Aber noch immer flatterte es um den ganzen Kahn herum von weißen Tüchern, bunten Hemden, rotgekästelten Bettziechen. Es war nicht fertig zu werden. Wilhelmine, Gura und Fordan nahmen die Wäsche ab, warfen die Klammern in einen Sack, falteten das Leinenzeug in einen Korb, und den mußten die beiden alten Männer dann zu Winderlich hintragen. Auch hatten sie die Wäsche zu legen. Beim Schlagen und Ziehen der großen Laken kamen sie ins Lachen, so traurig sie auch im Gedanken an Wilhelmine Butenhofs unmittelbar bevorstehenden Abschied waren.

»Aber beim Wäschelegen kommt ein jedes ins Gealbre«, rechtfertigte sich der Zauberkünstler und Rekommandeur mit einer unumstößlichen Lebensweisheit.

Mit dem Schlangenmenschen mühte Wilhelmine sich, im Nu die Wäsche einer ganzen Leine aufzuraffen, weil eine Schnur gerissen war und die Männerunterhosen und Mädchenhemden in die Oder zu wehen drohten. Der Steuermann verließ ungern seinen wichtigen Platz; er war nicht ungefällig, wenn er sich nicht mehr am gemeinsamen Werk beteiligte.

»Ich habe auch schon viel Kummer gehabt«, gestand Gura, als sie alles in den Korb stopften, »so viel Kummer, daß ich überhaupt nur mit Schlafmitteln schlafen konnte. Und die sind immer so teuer.«

»Ja, ja«, warnte ihn das Kind, »du lebst am allerteuersten. Haarwasser und Brustpulver, und Schlafmittel sagst du nun auch noch.«

»Sparen tue ich schon«, suchte der Schwarze sich kleinlaut in ein besseres Licht zu setzen, »aber bei mir haben muß ich immer ein Röhrchen mit Schlafpillen; sonst wird mir himmelangst, wenn ich nicht weiß: du hast ja welche im Koffer unterm Bett.«

»Ob das nicht gefährlich ist? Wenn du nun mal aus Versehen nachts zu viel ißt, von den Pillen?«

»Sind ja weiter keine bösartigen. Die wären zu teuer, und das hätte ich dir nicht antun mögen, wo du schließlich alles für uns bezahlen mußt. Nee, nee, gefährlich sind die nicht; und ohne Rezept. Bloß wenn man zu zeitig geweckt wird, da ist man dann ganz taumelig. Wenn's hier auf dem Kahn passierte, direkt ins Wasser könnte man da fallen, und das wäre natürlich gefährlich.«

»Weil du Schisser nicht schwimmen kannst«, bedauerte ihn Wilhelmine, »also ganz dösig, so?« torkelte sie ihm vor, und Gura war bewegt über ihre Anteilnahme. Wie freundlich die wehmütige Stimmung vor der Trennung selbst die grobe Butenhof machte.

Wilhelmine war aber nur voller List. Ein böser Gedanke ging ihr nicht mehr aus dem Sinn.

»Gura«, flötete sie, und er glaubte heut tatsächlich nicht viel zum Mittagbrot vertilgen zu können, trotz der Anstrengungen am Morgen. Das kleine Mädchen rührte einen ja zu sehr.

»Gura, heut nach dem Essen dürft ihr euch jeder eine ganze Flasche Wein nehmen, weil ihr mir so schön geholfen habt und weil man einen Abschied feiern muß.«

»Das muß man«, bedankte sich der Schlangenmensch auch für die Kollegen und sah an den fromm aufgeschlagenen Kinderaugen vorbei.

»Ich darf doch nicht besoffen im Schifferkinderheim ankommen«, weigerte sich Wilhelmine, als die Männer verlangten, sie müsse ihnen auch zuprosten.

Nein, nein, auf den Wein sollte es niemand schieben dürfen, plante die Kleine, als sie ein einziges Schlücklein genehmigte.

»Aber damit ich nicht so trocken bei euch sitze«, gab sie sich leichter, »werde ich mir ein Tippel Kaffee kochen.«

Kaum war sie drunten an ihrem Herd, schoß sie schon wieder nach oben und flitzte an den Männern vorüber: »Ich suche mir nur schnell bei euch ein bissel Kornfranck, ich habe keinen mehr zum Kaffee.«

Die Männer waren ein bißchen schwer vom säuerlichen Wein, keiner war der Butenhof diesmal behilflich. Darauf hatte sie auch spekuliert. Der Kaffeezusatz war ihr gleichgültig.

Guras Liederlichkeit machte ihr mehr zu schaffen. Die Männerkoje war so eng und dunkel, und nun sollte Wilhelmine auch noch unter dem Bett herumkriechen. Socken, ein zerfleddertes Buch, Schlipse, ein Kamm – das fühlte sie deutlich in des Schlangenmenschen Koffer. Nun rollte sie auch eine kleine Glastube zwischen ihren Fingern, schüttelte sie, hörte Tabletten klappern.

* *
*

»Dein Kaffee ist wohl reichlich bitter?« fragte Winderlich später, »dann ist er aber gut.«

Er kannte sich nun einmal vorzüglich in allen Qualitätsfragen einer nobleren Welt aus.

Wilhelmine schlürfte mit Todesverachtung ihren dünnen Kaffee samt dem von ihr verordneten Sonderzusatz.

»Ich möchte nämlich bissel frisch sein, weil wir doch heut ziemlich geschuftet haben. Brauchen die in Fürstenberg erst groß etwas davon zu merken?«

Nein, das brauchten sie nicht. Die verständen auch nichts von den Sorgen eines kleinen Mädchens, das einen eigenen Kahn besitzt.

»Mir ist nämlich nicht ganz gut, sonst hätte ich schon ein Gläsel mit euch getrunken. Legt ihr euch nur noch eine Weile hin, damit wir in

Fürstenberg noch ein paar vernünftige Sätze miteinander reden können. Ich packe jetzt.«

Wilhelmine tat es auch gleich und hockte eine halbe Stunde vor Fürstenberg neben ihren Sachen. Der Bett- und Kleidersack war ordentlich verschnürt, nur der Karton mit der Wäsche und den Schuhen hatte rechts und links ein paar Beulen, so daß er etwas klaffte. Wilhelmine trug wieder ihre komplette Trauerkleidung. Der neue Hut, selbst wenn er in all seiner Pracht noch vorhanden gewesen wäre, hätte auch schließlich für die Ankunft in der Winterschule für Schifferkinder nicht ganz gepaßt.

Als die Butenhoftochter die Einfahrt vor Fürstenberg geringschätzig und feindselig verfolgte, hatten ihre Augen etwas Unerbittliches. Das also wollte auch Oder heißen, die Ufer hier. Das sollte sich die Oder wohl etwas darauf einbilden, daß man ihr gerade noch erlaubte, durch zementierte Kaimauern hindurchzufließen!

Herbstliche Bäume? Krane und Schornsteine.

Weiter Septemberhimmel? Breite, graue Eisenbrücken, vor denen der ›C. W. V‹ seinen Schornstein umlegen mußte.

Stromschnellen, aus denen manchmal ein Fisch aufsprang? Strudel um die in den Grund gerammten Steinpfeiler und braunen gewaltigen Holzpflöcke, die eine freie Durchfahrt hinderten. Stauungen von Dampfern und Kähnen, zur Kanalfahrt bereit, untreu der Oder.

Buhnen, Weiden, Wälder? Fabriken, rote Ziegelspeicher, eine Werft, vor der auseinandergerissene Schiffsteile auf dem Trockendock lagen. Auf der Böschungshöhe gepflasterte Wege, Krafthäuser, Signale, Schienen für die Treidellokomotiven.

Der Flug eines Flußreihers, der Kuckucksruf aus der Tiefe des Oderwaldes? Rauchschwaden und Sirenengeheul, eilige Barkassen und Hammergeläut!

Die Oder soll sich wohl noch groß bedanken, kreiste derselbe Gedanke schon wieder durch Wilhelmines Kopf, daß sie überhaupt durch die Zementmauern fließen darf.

Der ›C. W. V‹ tutete lange und laut. Die Schaufelräder änderten ihren Takt; der Steuermann griff zur Potsche, der ›Helene‹ die Richtung nach links zur Hafenmündung zu geben; die Frau Kapitän erschien mit einem Körbchen voller Geschenke für die kleine Butenhof auf dem Dampferdeck; Fordan machte sich am Steg zu schaffen, legte das Brett bereit zum Aussteigen.

Links hinüber – zum Hafen links hinüber, bohrte es in Wilhelmines Gehirn, links hinüber mit dem Gepäck zum Steg – der Karton ist so schwer – ich werde ihn in die rechte Hand nehmen – aber es zieht mich so nach links.

* *
*

»Um ein Haar!« atmete der Bootsjunge schwer, »ich habe sie gerade noch zu fassen bekommen.«

Am Kai barmte Frau Woitschach um das Kind.

»Keinen Tropfen Wein hat sie zum Abschied getrunken«, bezeugten die Männer vom Kahn ›Helene‹ der etwas mißtrauischen und neidischen Mannschaft vom ›C. W. V‹ und schwankten ein bißchen.

»Die Wilhelmine keinen Tropfen! Im Gegenteil. Kaffee zum Ermuntern –«

Der ganze Dampfer außer dem Kapitän erschien.

»Da tragt nur den Sack und das Paket vorläufig zurück, und das Mindel bringt mir in seine Kajüte«, befahl Frau Woitschach und knöpfte dabei den Kragen und die Ärmel des kleinen Mädchens auf, »und holt mir einer den nächsten Doktor.«

»Sie hat schon zu Mittag beim Wäscheabnehmen paarmal so getorkelt«, machte der Schlangenmensch die Sache noch schlimmer und begriff nicht das mindeste. Dabei hätte er sich nun zwei oder drei Flaschen Haarwasser und viele Schachteln Zigaretten in aller Ehrbarkeit als Schweigegeld erpressen können.

»Nicht den Doktor«, stammelte Wilhelmine schwach, zwischen Ohnesorges und Winderlichs Armen wankend, »nur aufs Bett, und die Frau Kapitän soll bei mir bleiben –«

»Wo können wir denn jetzt das Kind hier lassen«, schlug die ihre Hände über der hohen Frisur zusammen, und niemand kann sagen, ob vor Kummer oder freudiger Überraschung.

Der Kapitän kam sich einmischen; nun waren sie alle an Bord der ›Helene‹: »Aber weiter müssen wir – Glogau und Tschicherzig haben uns lange genug aufgehalten. Ich nehme nur noch die Kohle auf, und dann los.«

Da holte erst keiner den nächsten Arzt.

»Keinen Doktor«, wehrte das Kind mit müde vom Bett herabhängender Hand ab.

»Der kann auch nicht mehr kommen, mein Herzel. Aber ich werde dich schon kurieren«, rumorte Frau Woitschach mit Umschlägen, Zuckerwassergläsern, Baldrian und Wärmflasche.

Die Schaufelräder des grauen ›C. W. V‹ mit seinem goldverzierten Bug warfen schon wieder ihre hohen, schäumenden Wellen und überstäubten die Bullaugen des Butenhofschen Schiffslazaretts mit unzähligen Tropfen.

20. Streik und Gefahr

Dem tatkräftigen Kinde gefiel es zunächst ganz gut, blaß, müde und umhegt im Bett zu liegen. Wilhelmine hauchte mehr, als sie sprach. In jede neue Lage versetzte sie sich mit aller Inbrunst. Nachdem sie den letzten Rest des Schlafmittels ausgeschlafen hatte, stellte sich allerdings Heißhunger bei ihr ein. Sie unterdrückte ihn gewaltsam. Darüber wurden ihr die Schwierigkeiten bewußt, vor die sie plötzlich gestellt war. Sie durfte nicht gesund werden. Da mit Gura alles geglückt war, hatte ihr Schwächeanfall weiter als der Anfang einer schweren Erkrankung zu gelten. Woher sie nehmen, ohne daß es auffiel? Wie sich leidend verhalten, wenn man nicht einmal wußte, wie man sich bei den verschiedenen Unpäßlichkeiten zu benehmen hatte? Wilhelmine Butenhof war ein sehr gesundes Kind.

Den Vormund und die Kapitänsfrau beurteilte sie richtig. Das waren viel zu brave, ordentliche Leute, als daß sie nicht nach einer baldigen Genesung ihrer Patientin auf deren Rückkehr nach Fürstenberg bestanden hätten, auf einsamer Rückkehr per Eisenbahn. Denn das war klar: der Rektor der Schifferschule würde den Dingen keineswegs ihren Lauf lassen. Wilhelmine konnte es sich gut ausdenken, wie häßlich man in Fürstenberg wieder von ihr reden mochte:

»Bei Kunstreitern treibt die Butenhof Wilhelmine sich 'rum. Schulfieber hat sie. Die Polizei wird sie holen.«

Jetzt war ihr aber wirklich schlecht im Magen. Sie sah es in ihrer Kabine von Ärzten, Polizisten und Rektoren nur so wimmeln und eine ganze Klasse von Ordnungsschülerinnen mit ausgestrecktem Zeigefinger auf sie deuten:

»Die wird nicht konfirmiert und hat dabei ihren Vormund vom Pastor bekommen!«

Das Kind warf sich in seinem Bett unruhig hin und her.

»Will es immer noch nicht besser werden?« schalt Frau Kapitän bekümmert und war unglücklich, daß der letzte Marketender weder Rindfleisch für eine Brühe, noch Eier unter seiner Ware an Bord gehabt hatte.

Viel zu gut will es werden, hätte Wilhelmine am liebsten losgeheult. Von Brühe und Eiern vermochte sie gar nicht zu hören. Aber ihr blieb kein anderes Mittel als der Hungerstreik, und jeden der Männer, der sich an der Kajütentür nach dem Zustand des Mädchens erkundigen kam, mußte Frau Woitschach enttäuschen: »Sie ißt nichts. Nicht einen Bissen will sie haben.«

Gura behauptete, das sei die schwerste Krankheit, die er je mit angesehen habe.

Nach ein paar Tagen fanden auch die anderen nicht so übertrieben, was er sagte. Wilhelmine war wie verfallen. Zwei gerade, dunkle Striche zeichneten sich quer unter ihren Augen ab. Sie redete nicht mehr und zuckte nur wimmernd zusammen, wenn der ›C. W. V‹ seine Sirenenpfeife ziehen mußte, wie jetzt eben vor dem Anlegen in Küstrin.

Es war noch nicht so spät, daß man Fordan nicht noch auf das Hafenpostamt schicken konnte, nach den postlagernden Sendungen für die Schiffer zu fragen. Herrn August Müßiggang aus Zeuthen erwartete ein amtliches Schreiben, das ihn während des Küstriner Aufenthaltes baldmöglichst zu einer Vernehmung zitierte. Deshalb mußte die Fahrtunterbrechung verlängert werden.

Der Polizeibeamte erklärte dem Vormund, Herrn Müßiggang, daß man unter diesen Umständen polizeilicherseits nicht mehr eingreifen könne. Der unter diesen Umständen allein zuständige beamtete Schularzt sei Medizinalrat Kramer. Der äußerte sich dahin, daß die Schülerin in ihrer gegenwärtigen Verfassung für den Schulbesuch und die Erziehung in einem Internat nicht in Frage käme. Wegen exorbitanten Kräfteverfalls sei die Zurückstellung vom Schulbesuch und von der Aufnahme in ein Internat unter Kinder von gesundheitlich normalem Zustand anzuraten.

Soweit legte Herr Medizinalrat seine Meinung schriftlich fest, für den Rektor und die Polizei. Privat vermutete er, daß der Kleinen das Leben auf der Oder ohne regelmäßige Pflege durch weibliche Personen nicht bekomme. Er hielt für angebracht, daß nach der Landung in Stettin – so drückte Herr Medizinalrat sich etwas seemännisch aus –

ein Spezialist konsultiert werde. Der müsse seinem Ermessen nach, wahrscheinlich wenigstens, die Verschickung der Schülerin in völlig andere Umgebung respektive Gebirgsklima veranlassen. Doch möchte er dem Entscheid des Fachkollegen nicht vorgreifen.

Die Kapitänin und Müßiggang sagten zu allem »Ja« und »Besten Dank« und »Das haben wir auch schon gedacht«.

Beim Verlassen der Kajüte bemerkte der Medizinalrat noch, auf vorzeitige Störungen durch die Erscheinungen des Entwicklungsalters bei Mädchen von so labiler Konstitution sei besonders achtzugeben. In Gegenwart von Müßiggang fand Frau Kapitän das ziemlich unanständig, während sie ein ernstes Gespräch von Frau zu Arzt nicht ungern geführt hätte.

Der Küstriner Aufenthalt bot Frau Woitschach immerhin die willkommene Gelegenheit, sich alles zu besorgen, was sie zu Wilhelmines Stärkung für notwendig hielt. Nach der Visite des Arztes war das Kind auch dazu bereit, ein paar Löffel Bouillon zu sich zu nehmen. Es empfand die Notwendigkeit, sich widerstandsfähiger zu machen für einen neuen Kampf, den Kampf gegen eine zweite Untersuchung, gegen die geplante Abschiebung ins Gebirge.

Beim ersten Aufstehen hing das schwarze Kleidchen viel zu weit um Wilhelmine herum. Die Locken hatten etwas von ihrem Glanz verloren. Die Hände wirkten dünn und bläulich, die runden Wangen schlaff und eingefallen. Die derbe, laute Stimme war ganz schüchtern geworden. Kapitänin und Vormund zeigten sich nicht fähig, ihre Verwirrung und Rührung zu verbergen, als die herrische, kleine Person jetzt so flehentlich und zaghaft bettelte. Immerzu fröstelte es sie, und man mußte ihr ein Tuch umhängen.

Was Wilhelmine aber sprach, verriet dennoch ihre alte, ungebrochene Entschlossenheit. Seit ihr der Kahn gehörte, wollte sie keinesfalls mehr von ihm heruntergehen. Und es war ihr unerträglich, in einem Schlafsaal mit den vielen Mädchen zu liegen, wo sie ihre eigene Kajüte hatte. Und Hannchen. Und ›Helene‹. Und alles hier.

»Ostern komme ich sowieso aus der Schule. Und lernen tue ich nie etwas. Seht doch meine Hefte nach.«

Voller Verantwortlichkeitsgefühl konnten ihre beiden Freunde nicht umhin.

Wilhelmine mußte ihnen erklären, was das in den Diktaten hieß: »Das Trummele hat eine Schüzbe« und »Die Hödaunde böllen vor dem frezen.«

Der Turm hat eine Spitze. Die Hunde bellen vor dem Fressen.

»Du bist doch sonst so ein redegewandtes Töchterle. Wie ein Erwachsenes sprichst du doch, Mindel.«

Und die Nebenflüsse könne sie auswendig, betonte die Butenhof und schnurrte nur so herunter: »Oppa, Zinna, Hotzenplotz, Glatzer Neiße, Ohle, Weistritz, Katzbach, Bober, Lausitzer Neiße. Und Bartsch und Warthe rechts.«

Aber schreiben könne sie eben nicht. Das ginge immer los mit den Buchstaben, daß sie nicht wisse, was anfangen.

Die Schrift war auch ganz holprig und hart, zu groß und zu kindlich.

Wilhelmine zog die Stirn übermüdet in tiefe Falten. Es war schon wieder zu viel für sie.

»Was haben sie denn bloß in der Schule dazu gesagt, in Fürstenberg?«

»Ich war die Verachtetste aus der ganzen Klasse.«

Die Butenhof blickte scheu auf den Onkel, Frau Woitschach und dann vor sich hin.

Das durften Vormund und Kapitänin für die Zukunft nicht dulden. Aber die Einsegnung? Nun war Konfirmandenunterricht unmöglich.

»Nicht einsegnen«, schloß das Kind, und die Erwachsenen hofften noch immer auf einen Ausweg. Die unnatürlich groß gewordenen Mädchenaugen blieben auf ihnen haften.

»Ich werde immer wieder hungern, wenn ihr mich zurückschicken wollt.«

Sie taten Wilhelmine auch den Willen, als sie nach Tagen die Oder wieder sehen wollte. Man rückte ihr einen Stuhl neben Hannchens Stall. Dort war sie vor dem Wind etwas geschützt.

»Das wird aber ein Hochwasser«, legte die Kranke die Hände in den Schoß.

Die Wiesen um Schwedt waren wie endlose Seen, von schmalen Wiesenstreifen durchschnitten. Alle Kühe hatte man schon seit Stunden von der Weide getrieben. Wo sonst die Buhnen lagen, kreisten Ketten von wirbelnden Strudeln. Von den Weiden ragten nur halb entlaubte Wedel aus dem Wasser. Die Oder rauschte machtvoll, unheildrohend in trübem Gelb dahin.

»Kommen wir noch gut bis Stettin?« bangte sich das kleine Mädchen mit einemmal vor Erregungen.

Es fühlte sich fiebrig.

»Wachswasser macht mich immer bissel krank.«

Doch jeden Morgen wollte Wilhelmine Butenhof es wissen, was auf der Oder geschah. Einer Butenhof konnte man eine Gefahr für ihren Kahn nicht verbergen. Manchmal ließ sie sich eine Stunde lang nicht von der Seite des Steuermannes vertreiben.

»Wißt ihr auch ganz genau, daß wir hier nicht auf eine Mole rammen? Hinter Schwedt hier war doch bestimmt eine Mole.«

Dann beruhigte sie sich, weil sie noch die äußerste Spitze eines weißroten Schiffahrtszeichens über der Strömung entdeckte.

»Kommen wir noch unter der Brücke durch?«

Alle fühlten sie die Pfeiler unter dem Ansturm der Wassermengen beben und waren bedrückt, daß Dampfer und Kahn nur noch so flach unter der Brücke hindurchkrochen. Abgebrochene Äste, Gewinde aus Stroh, Tang, Laub und Schmutz, ein losgerissenes Beiboot trieben neben ihnen.

Die Dörfer, die kleinen Städte, die tiefer gelegen waren, standen unter Wasser. Von Haus zu Haus waren Bretter über Pflöcke gelegt. Dort, wo die Menschen schon in das obere Stockwerk geflüchtet waren, führten die schmalen Stege nur von Fenster zu Fenster. Die Kinder ruderten in dichtbesetzten Kähnen zur Schule.

Es war gar nicht mehr, als trete die Oder über ihr Ufer. Fremde Fluten von modrigem Geruch schienen über ihr zusammenzuschlagen; von überall, her strömte gurgelndes Wasser heran, um Baumkronen, kahle Äste unheimlich brodelnd. Kadaver von Hasen und Rehen wurden herangeschwemmt und fingen sich in ihnen wie in einer Wildfalle.

Zum erstenmal, seit er Schiffer war, verspürte der Bootsjunge Fordan eine dumpfe Angst. Was Wilhelmine denke?

»Die Oder ist nicht gut«, ließ sie ihre Augen über die zerfetzten Wolken hinstreifen, die voll unermeßlichen Regens tief über dem Aufruhr des Stromes hingen. Nirgends war noch ein Kahn.

21. Für Reisende mit Traglasten

Stundenlang heulte das Nebelhorn vor ihnen her. Das hohe Wasser und der graue, dichte Dunst machten die Ufer fast unkenntlich: flach, klobig und verschleiert. Die Brücken wurden zu tiefen, dünnen Strichen im Gewölk.

Einmal begegneten sie dann noch einem Kahn, der aus seiner Richtung gedrängt und auf einer Buhne festgelaufen war. Die Schiffer hatten den lecken Kahn verlassen; vom Frankfurter Bergungsdampfer waren sie rechtzeitig aufgenommen worden. An einem Stock war die rote Notflagge gehißt.

Die Leute von der ›Helene‹ gaben diesem noch neuen, stabilen Motorkahn keine Zukunft mehr. Wenn das Wasser fiel, mußte er in der Mitte auseinanderbrechen, weil er quer über dem Buhnenkopf hing. Die Ladung war zur Ableichterung längst über Bord geworfen; Rohzuckersäcke trieben noch in der Nähe, es hatte nichts genützt.

Für den Butenhofschen Kahn ging mit der ungewöhnlichen Überschwemmung alles noch gut ab. Aber dann kam eben das schlimme Malheur mit dem Zank. Diesmal war Wilhelmines Grobheit und ihr Jähzorn ganz bestimmt nicht schuld. Im Gegenteil: Was an ihr Liebreiz war, hatte das Unheil heraufbeschworen. Natürlich trug auch die Nähe des Winters dazu bei. Und daß Kapitäns in der Gegend um Stettin ihren festen Wohnsitz hatten. Alles war so verworren.

»Wie das so gekommen ist«, schüttelte August Müßiggang den Kopf. Dabei mußte er es schließlich am besten wissen. Wer hatte sich denn sonst etwa mit Frau Kapitän in den Haaren gelegen?

Denn Wilhelmines Äußerung war weiter nicht böse gemeint gewesen.

Welche Äußerung? Nun: »Ich will aber nicht mehr Kind von Eltern werden. Ich bin das jetzt so schön gewöhnt mit dem eigenen Kahn und meinen Leuten. Vielen schönen Dank, aber bitte, bitte, ich möchte nicht.«

Ob es die Frau Kapitän übel nahm oder ob es sie mehr schmerzlich berührte, das läßt sich bei der kolossalen Aufregung, in der man sich befand, so schwer entscheiden.

Der ›C. W. V‹ und die ›Helene‹ waren also heil im Stettiner Hafen angelangt, das Wasser ging langsam zurück, man mußte sich um neue Ladung bemühen. Für den ›C. W. V‹ ergab sich aber keine Ordre, die sich gut mit dem Auftrag für die ›Helene‹ verbinden ließ. Die hatte Fracht an Erz zu erwarten, für die Alte Hütte, das Neusalzer Werk; eine gute Sache an sich. Nur daß sie die bedauerliche Trennung von Kahn und Schleppdampfer bedingte.

Durch diesen unerwartet plötzlichen Abschied wurde Frau Woitschach vermutlich zu der voreiligen Andeutung über ihren Entschluß verleitet. Der Entschluß selbst war sicher nicht so überstürzt. Mit Kapitän Otto jedenfalls war alles schon im klaren.

Wie der Vormund Müßiggang und das Mündel darüber dächten, wenn die Kapitänsleute Wilhelmine an Kindes Statt annähmen?

Man muß den Onkel gesehen haben, als dieses Wort fiel! Was Wilhelmine Butenhof selbst dazu sagte, das ist ja bekannt. Daß es den Onkel so packen würde!

»Das ist Kindesentführung, polizeilich betrachtet!« schrie der Onkel, und was nicht sonst.

»Was Sie sich da nicht ausgeheckt haben mit Ihrem freundlichen Getue!« bedrohte er Frau Woitschach, und der Kapitän trat immerzu auf die Seite seiner Frau, bildlich gesprochen natürlich; sonst wäre es nicht so ehrenvoll für den Kapitän gewesen.

Ausgeheckt hatte sich die Kapitänin wirklich etwas. Sie wollte es nämlich vermeiden, daß Wilhelmine, sobald der Vorschlag gemacht war, wieder allein mit ihren Männern auf ihrem Kahn die neue Fahrt antrat. Das konnte sonst eine zu gefährliche Entfremdung bringen zwischen ihr, dem Gatten und dem Kinde.

Die Kapitänin überlegte – und das erinnerte tatsächlich ein wenig an Kindesentführung – noch viel, viel umsichtiger.

Für die Kenner der Oder und des späten Herbstes stand es ganz außer Frage, daß die letzte Fahrt vor dem Eintritt des Eisganges schon wieder gekommen war. Nach dem langsamen Fallen des Hochwassers hatte eine zu anhaltende, durchdringende Kälte eingesetzt.

Gelang es Frau Woitschach, die kleine Schiffseignerin von dieser letzten Fahrt des Jahres zurückzuhalten, mußte das für die Loslösung des Kindes von seiner ›Helene‹ und all dem Drum und Dran, das ihm so lieb geworden war, unendlich viel ausmachen. Das lag in den Interessen der Kapitänin; es läßt sich gar nicht beschreiben, wie sehr.

Selbst die Geographie war Frau Woitschach behilflich, nämlich soweit sie sich auf Storkow bezieht. In Storkow hatten Kapitäns sich für ihr Alter angekauft. Mitunter hatte Frau Woitschach es schon bereut.

Durfte ein hübsches Haus es einem denn gleich so antun? Saß die Verwandtschaft nicht in Schlesien? Gehörten Schlesier nach Pommern?

Der Kapitän hatte seine Frau mit schlagenden Beweisgründen, alles bildlich gesprochen, beruhigt: Ob die Oder nicht durch Schlesien, die Mark und durch Pommern fließe? Aber freilich, die Oder sei ein schlesischer Fluß.

Denn ein bissel tücksch hatte seine Marie von der Seite geschielt, ziemlich tücksch sogar, wenn man an ihre Gutmütigkeit denkt.

Nun sollte Storkow in Pommern zu der großen Gelegenheit werden. Die Frau Kapitän beabsichtigte, den ›C. W. V‹ allein mit Otto stromauf ziehen zu lassen; sie selbst hatte vor, sich bereits im Storkower Haus auf den Winter einzurichten und das immer noch blasse, magere Mädelchen – nebst Pferd in eigens zu mietendem Quartier – schon ganz bei sich zu behalten. Ach, stach die Kapitänin vor Wintersanfang in ein Wespennest! Wer an diesen Zwistigkeiten nicht beteiligt war, soll nur froh sein!

Der Onkel traute nichts und niemand mehr; nichts und niemand; kein Wort daran ist zuviel. Selbst auf der Oder fühlte er sich nicht mehr geschützt, wenn er daran dachte, daß Kapitän Woitschach mit seinem Raddampfer und nun vielleicht doch wieder mit der Frau auf ihr herumfuhr. Was Woitschach Mariechen konnte, darauf verstand Herr August Müßiggang sich auch; oho! Und wie listig er wurde.

Er wäre krank, völlig krank. Von den Aufregungen. Ausgeschlossen, daß er das Gezottele stromauf –. So klaterig, wie manche Dampfer wären. (Das war aber häßlich, vom Onkel. Doch man versteht schon.)

Er allein per Bahn nach Hause? Damit ihn noch vor dem Umsteigen in Reppen der Schlag rühre, vielleicht? Nee, nee – keine Mannsperson für ihn alten, anfälligen Mann. Ob so ein nichtsnutziges Mündel nicht Pflichten habe gegen seinen Vormund? Oder bloß gegen einen Kahn, vielleicht? Wenn ein Kraftakt erst einmal leidend würde, dann auf den Tod –

»Gutt und gutt«, sagte das Kind und ging daran, zwei Pakete und zwei Kleidersäcke zu verschnüren, und Lattersch erhielt den Oberbefehl über die völlig verwirrte ›Helene‹, wobei man sich, Lattersch einschließlich, ganz auf den Steuermann Ohnesorge verließ.

Donnerstag früh mit dem Zehnuhrzug sollte es losgehen, für Vormund und Mündel. Mittwochabend –

(Aber nun nicht groß hinsehen und hinhören: Wilhelmine lief auf den Dampfer, schlang die Arme um Frau Kapitäns Hals, küßte das gute, verbitterte Gesicht und zischte ihr ins Ohr: »Ich besorge Ihnen ein anderes Kind, ein viel besseres.«)

Und weil sich die Kapitänin das nicht vorstellen konnte, war die Frau so böse und traurig und wollte am Donnerstagmorgen auf ihrem Dampfer gar nicht daran denken, daß gerade jetzt, ganz genau in *der* Minute, der Zug aus der Halle fuhr.

Gern sah es der Schaffner nicht, wieviel Platz die gewaltigen Bett- und Kleidersäcke der beiden Schiffersleute, des Alten und der Kleinen, einnahmen; auch im Abteil für Reisende mit Traglasten mußte alles seine Grenzen haben.

Wilhelmine vermochte sich aber weiter nicht sehr um den Schaffner und die anderen Leute zu kümmern. Für ihr Köpfel war zu viel zu begreifen. Daß sie nun zu Lande, in heißem, rauchigem, trockenem Eisenbahnwagen neben der Oder her raste, über Brücken bald aufs rechte, bald aufs linke Ufer, als könnte ihr blauer Kahn sie niemals mehr erreichen. In knappen Stunden eine Fahrt von Tagen!

Und der Mann, der den Zug führte, nicht zu sehen. Kein Ohnesorge am großen Steuer. Der Oderwald ein schmaler, dunkler, vorüberziehender Streifen in der Ferne –

Das Grünberg: keine Weinberge! Bahnhöfe, Gleise, Signale, Telegraphenstangen, Stoppelfelder, Kartoffeläcker, polternde, schlagende, dröhnende Brückenbogen, Güterwagen, Leute, die nicht blieben, sondern ausstiegen, einstiegen, wie besessen.

Von Grünberg an besserte sich des schweigsamen Onkels düstere Laune. Noch eine Stunde, und er hatte sein Hundel in Sicherheit gebracht, geborgen vor allen Kindesentführungen.

Müßiggang entsann sich an die ersten Gespräche mit seinem Pflegekind. Es gab doch Räuber auf der Oder. Wilhelmine war bloß zu gut gewesen, um aus ihrem Kahn ein gefährliches Schiff zu machen, wie sie es dem Vormund ursprünglich angedeutet hatte.

Es gab doch Räuber auf der Oder.

22. Marketenderfahrt

Die Fensterladen waren aufgeschlagen, das Haus gelüftet, Küche, Kammer, Flur und Stube gescheuert. Um es kurz zu sagen: August Müßiggang war wieder daheim, ganz wie ein Schiffer, nur etwas zu zeitig, noch vor dem Treibeis. Darin allein verriet sich der Unterschied. Deshalb sprach sich der Onkel eigentlich auch weniger mit den Leuten am Hafen und in der tiefer gelegenen Schiffer-Neustadt aus. Die Neustadt nun war aber nicht etwa modern, nein, armselig und alt. Alle Häuser hatten Schimmerlinge von den Hochwasserjahren her, waren wie modrig und wie verwaschen.

Müßiggang machte sich seinen Weg zu den Ackerbürgern die Fischertreppe hinauf oder den Schwarzen Berg an der Odermühle oder hintenherum am Schützenhausweg. Die Ackerbürger hatten ihre Felder mehr auf den Wald und das Erlicht zu, und daher verstanden sie nicht so viel von der Oder, und man konnte ihnen berichten, ohne daß sie alles besser wußten oder manches langweilig fanden.

Dabei war es beim Vormund Müßiggang jetzt gar nicht die richtige Erzählfreudigkeit. Der Onkel wollte so ein bißchen über etwas hinwegreden, sich etwas vom Halse schaffen. Er war nicht gern mit dem Mündel daheim. So seltsam kommt es manchmal. Man kann es sich kaum erklären.

Beim Großreinemachen hatte Müßiggang regelrecht herumgeschnauzt. Er war grob gegen Wilhelmine, schroff zum mindesten. Wem man Unrecht tut, den behandelt man schlecht, den läßt man allein sitzen. Nicht nur der Onkel hält das so.

Erst schalt er Wilhelmine undankbar, daß sie nicht vergnügter wäre. Als ob sich so ein Kajütengehocke nicht verkriechen müßte vor dem schönen, freien Leben in einer richtigen Wohnung: Stube, Kammer, Küche, Flur. Der Onkel reckte und dehnte sich ordentlich. Wilhelmine putzte blaß an dem Küchengerät herum.

Ob sie etwa glaube, daß diese – na, er wollte den Namen nicht aussprechen und sich auch nicht erst im Ton vergreifen – daß diese, Wilhelmine wisse schon, ihr etwa mehr zu bieten gehabt hätten.

Und gerade dort steckte der vermaledeite Grund für all die Grämlichkeit des Onkels. Angst und bange wurde ihm, wenn ihm von früh bis abends, Stück für Stück, einfiel, worum er sein Mündel gebracht haben könnte.

Das Haus in Storkow in Pommern, bestimmt nicht schlecht im Stand. Er hatte nur die kleine Mietswohnung am Hafen.

Das ehrenvolle Leben als Kapitänstochter auf dem Dampfer ›C. W. V‹.

Die dadurch immerhin nahegerückte gute Partie, im Hinblick auf später. Auch das wurmte den Onkel.

Ein Vermögen. Die Kapitänin hatte es nur so herausgeschmettert in ihrem Zorn (aber als Wilhelmine nicht zugegen war): »Sechsundzwanzigtausend Mark, und es werden noch dreißig!«

Die weibliche Fürsorge. Die das Mäderle brauchte.

So aber mußte Wilhelmine für andere sorgen, zahlen, um Ansehen kämpfen, eine Zuflucht schaffen, sparen.

»Kapital wollten sie aus dir schlagen, dich mit Hannchen auftreten lassen«, ereiferte sich Müßiggang, als Wilhelmine Butenhof zu seinen erregten Überlegungen schwieg. Schließlich konnte sie nicht ahnen, was in des Alten Kopf vorging. Daher antwortete sie: »Den Eindruck hatte ich nun eigentlich nicht. Aber es mag schon alles gut so sein. Auf einen Dampfer gehe ich nur, wenn er mir gehört wie die ›Helene‹. Und von der ›Helene‹ kriegt mich niemand weg, ehe nicht Schluß ist mit ihr. Was du sonst redest, Onkel, das andere ist: alles Mumpitz. Laß nur gut sein. Wenn ich bloß wüßte, was machen mit den Leuten im Winter. Und wie sie mir den Kahn herbringen werden. Und wann sie kommen, mit Hannchen.«

Die Spannung versetzte Wilhelmine in solche Unruhe, daß sie täglich zum Hafen und auf den Oderdamm lief, Ausschau zu halten. Aber die Sicht war durch den Carolather Wald, die weite Biegung, verschlossen. Wenigstens um die Ecke dort sehen können! Dabei war es noch – besonderer Ladeaufenthalte wegen – um Wochen zu früh.

»Michel!« zuckte es durch ihre Gedanken, und sie rannte den Damm entlang; vom Hochwasser her war er noch ganz zerspült und inzwischen notdürftig mit Asche, Reisig und Scherben aufgeschüttet. Es ging sich schlecht; aber die Butenhof hetzte an Hinterlachs Anger und Neuferts Kohlenhof, an der Odermühle, an Pyras' Kaffeeterrasse vorüber, bis sie an der Fischerei anhalten durfte im atemlosen Lauf.

»Na, endlich«, sah Michel Burda sie von seinem Boot aus. Er verstaute gerade noch zwei Deckelkörbe mit Ware unter dem Steuersitz und hatte seinen Kahn noch nicht losgemacht.

»Willst du mitfahren?« scholl es zur Fischertreppe, auf deren unterster Stufe Wilhelmine einen erhöhten Ausblick suchte.

»Bis zur Carolather Biegung«, flog sie auf den Jungen zu, »machst du so weit 'runter?«

»Bestimmt«, schüttelte er ihre Hand, »vielleicht ganz bis Carolath. Dem Rauch nach ist der Schleppzug noch so weit weg; und wenn er dann lang wie die letzten ist, schaffe ich gerade alle Kähne, bis wir wieder oben sind.«

Schon saß Wilhelmine auf einer Kiste mit Pantoffeln.

»Da wäre ich ja wieder auf der Oder«, sah man ihre runden Zähne, und sie kniff vergnügt die Augen zusammen. Der schmale, kleine Kahn stieß schon von Land.

»Dünn bist du geworden und bissel käsig«, rief der Junge stockend, weil er mit der Potsche so schwer im Stehen hantieren mußte.

»Und du bist gewachsen. Und immer noch verbrannt«, erwiderte die Butenhof und nahm nichts übel. »Ich habe halt den Schädel voll Sorgen«, betrug sie sich dann erwachsen und strich sich ein paarmal über Rock und Knie.

»Eigentlich geht's mir immer besser, seit du mir den guten Rat gegeben hast.«

Die Potsche versank bis zum Griff.

»Seit ich aus der Schule bin und der Vatel Geld von mir sieht, läßt er mich in Ruhe.«

Jetzt hatte Michel das Stoßruder wieder in der Mitte umpackt: »Ich spare auf eine Maschine.«

Der Kahn glitt in die Strömung, das Ruder wurde eingezogen. Michel konnte sich setzen.

»Auf 'nen Motor fürs Boot. Oder ein ganz neues Motorboot. Für später.«

»Da wird aber dein Vatel mit seiner Fleischerei erst emal tüchtig mit Geld machen müssen«, tat die Butenhof erfahren.

»Geht auch. Wenn er mir nur das Geld gleich wieder 'rausrückt. Wird ja jetzt viel mehr an die Kähne los. Paß nur auf, wie das dann wird.«

Schon kramte das Mädchen in der Ware herum. Aber Michel strebte aus der Fahrtrinne heraus, auf die untere Stadt zu.

»Du erfrierst mir ja. Das wird zu kalt, bis wir wieder heim sind.«

Und da des Onkels Haus ein ganzes Stück weiter stromab lag, ließ es sich einrichten, Wilhelmine ihren Mantel zu holen. Auf diese Weise kam Michel auch dazu, seinen Großonkel nach dessen Rückkehr zu besuchen und den Alten darüber zu beruhigen, daß das Mädel jetzt zwei, drei Stunden wegbleiben würde.

»Machst du dir denn so viel daraus, daß du dann so weit mit stromauf willst?« vergewisserte Michel sich, als er die Begleiterin warm verpackte, »es wird höllisch kalt bei der langsamen Fahrt.«

»Ich mach' mir so viel daraus«, nickte die Kleine, »denn vielleicht gehen wir auch einen einzelnen Dampfer an oder einen Motorkahn, der unterwegs die ›Helene‹ überholt hat. Da kann ich fragen.«

Dazu kam es nun eigentlich nicht. Am Carolather Schloß, dem einzigen Bergschloß über der Oder, begegneten sie einem langen Schleppzug mit doppelter Kahnreihe. Das wichtige Geschäft mußte da ganz in den Mittelpunkt rücken. Auch Wilhelmine hatte diese Einsicht, ja, sie leistete erhebliche Hilfe, weil sie sich auf der Oder rasch in die verschiedensten Verhältnisse schicken lernte. Sie begriff kaum, wie Michel seinen Betrieb sonst allein bewältigte. So viel war zu tun.

Michel zeigte seine eigene Taktik. Aus zehn Meter Entfernung etwa winkte er dem Dampfer mit einer großen, weißen Tüte zu. Da machte sich auf Deck schon der Bootsjunge bereit, dem herantreibenden Marketenderkahn das Tau zuzuwerfen. Michel band sein Boot fest, stellte sich auf die Bank, um besser zum Dampfer hinaufsprechen zu können, und wartete auf seine Auftraggeber.

Die versammelten sich bald. Schweigend standen vier Männer in Schafspelzen und gefütterten Ledermützen mit Ohrenklappen, Strohbündel um die Stiefel gewickelt, an der Bordkante und redeten keinen Ton. Denn zuerst hatte immer das Angebot zu erfolgen. Das ist Marketenderbrauch, und der Zeuthener Junge sah keine Notwendigkeit, ihn zu ändern.

Dem eigentlichen Handel ging die Einladung zum Trinken voraus:

»Helles Bier, Malzbier, Korn zum Erwärmen – was nehmen wir zuerst?« hob der Marketender Flasche um Flasche empor. Denn mochte der Handel werden oder nicht – während man darüber diskutierte, wurde getrunken; und das sicherte Michel immerhin eine Mindesteinnahme. Obwohl niemand einen Entschluß zu fassen schien, ließ sich eigentlich immer vorausbestimmen, wer kaufen würde. Denn der hielt sein Portemonnaie schon mit beiden Händen bereit und stand auch nicht lange auf Deck, sondern hockte sich nieder und gab zu dem jungen Marketender hinunter seine Weisung.

»Schöne Knoblauchwurst, gleich zum Heißmachen? Semmeln, ganz frisch aus der Bäckerei, besonders groß? Tabak? Eine neue Pfeife? Zigaretten?«

Der vierte, der sich noch nicht wie die anderen hingekauert hatte, holte nun doch sein Geld aus der Kajüte. Der Bootsjunge vom Dampfer zog das Tau ein. Wilhelmine war schon dabei, es vom Kahn loszuwickeln. Michel imponierte es nicht wenig, wie sie immer gleich zupackte.

An den ersten beiden Schleppkähnen wußten sie nun, daß sie an der Reihe waren. Die vom links nebengekoppelten Kahn kletterten herüber; sieben Männer erwarteten das Boot, wieder warf der Junge das Tau; Michel bestieg seine Bank, hob die erste Flasche:

»Helles Bier, Malzbier, Korn zum Erwärmen – was nehmen wir zuerst?«

Er schaukelte mit den Dampferwellen.

Einige Männer hockten nieder, noch schwieg alles, dann klappte das erste Portemonnaie auf, das Wühlen und Rumoren in Körben und Kisten, das Emporreichen und Geldwechseln fing von neuem an. Vieles wurde stumm geprüft und mit mißbilligendem Kopfschütteln zurückgegeben. Wieder wurden nur Zigaretten abgesetzt.

»Im Sommer dauert es noch viel länger, bis ich sie zum Kaufen herumkriege«, flüsterte der Junge dem Mädchen zu, als sie beide mit den Köpfen in einer Kiste steckten, um aus ihrem Grunde die angeforderten Streichhölzerpakete heraufzuholen, »jetzt geht's schnell gegen sonst, weil die Kerle frieren.«

Er selbst trat von einem Bein aufs andere und steckte zwischendurch immer wieder einmal die rotgefrorenen Hände in die Jackentaschen.

Der Junge vom dritten Schleppkahn wartete schon.

»Wir haben die Frau mit«, gab er dem Marketender einen guten Rat, der ihm auch zwei Zigaretten eintragen sollte.

Wo sich eine Frau auf dem Kahn befand, zog sich Angebot, Nachfrage, Besichtigung, Ankauf zwar noch unvergleichlich länger hin. Dafür wurde man aber auch bestimmt Fleisch, Salz, Persil und Scheuerlappen los.

Eine ganze Menge kleiner Geldstücke glitt in Michels Hand und manchmal leider auch in die Oder.

Weiter drunten im Schleppzug ließen sie ein Fahrrad in das Marketenderboot hinunter, und ein Schiffer im Sonntagsanzug und der blauen Mütze kletterte zu den beiden:

»Muß nach Glogau 'rauf. Schaffen wir's noch bis zum Fünfzuge?«

Ganz selbstverständlich wählte er seinen Platz auf dem freien Sitzbrett neben den Flaschen. Solche Forderung kostenloser Überfahrt war der Marketender gewohnt.

Der Steuermann vom gleichen Kahn wurde ein guter Kunde für Propheten, Schusterjungen, Mohnbrötel und Schnecken; anscheinend hatte er Auftrag von den Kollegen, die nicht in die Kälte hinaufkommen wollten. Aber dieser Steuermann kannte Wilhelmine.

»Nicht in der Winterschule? Du bist schon eine.«

»Bin krank«, schlug die Butenhof einen riesengroßen weißen Papierbogen um die Kuchenstücke.

»Und da treibst du dich bei dem Wetter auf dem offenen Kahn 'rum?«

»Hat der Doktor verordnet. Täglich eine Spazierfahrt, ehe es dunkel wird.«

Was ungewöhnlich war: auf seiten des Marketenderbootes wurde das Tau vorzeitig abgebunden, bevor noch alle Möglichkeiten, die Ware anzupreisen, erschöpft waren. Kuchen eingepackt, Tau los! hieß es für Wilhelmine. Da kam sie gar nicht zum Frieren. Und es war doch bitterkalt. Naß, grau und kahl raschelten die entlaubten Äste im Oderwald, früher Nebel und eisiger Hauch stiegen vom Wasser auf, die Wolken hingen schwer von Schnee, der Atem der Schiffer und der Marketender war im schneidenden Flußwind wie der Rauch aus den engrohrigen Kajütenschornsteinen.

Über Steuer und Beiboot kletterte ein Junge von Kahn zu Kahn und schrie nach Michel: »In meiner Zigarettenschachtel ist kein Bild. Und ich hab' sie bloß wegen der Bilder gekauft. Ich will die beiden Bilder.«

Es war nicht nötig, zu klagen und zu schimpfen. Aus halbleeren, für den Einzelverkauf bestimmten Schachteln, wurden ihm alle Bilder zusammengesucht.

»Gib das auch noch, Mindel.«

Michel Burda und Wilhelmine Butenhof hatten noch nie Zeit gefunden, Bilder zu sammeln.

23. Zu Lichten

Auch das Schifferkind empfand es als Wohltat, wieviel Wärme die Häuser der Fischerei ausstrahlten, als könnte man sich in den alten Mauern verkriechen wie in einem Bett. Sie waren durchfroren, als sie nach ihrer Marketenderfahrt den Kahn an seinem Steg im Hafen anketteten, der Wall von Wärme umgab sie wie ein Schutz. Die Flußschiffer haben auch eine heimliche Liebe für die Häuser; jeder von ihnen gehört ja für Wochen in eine Stadt, in ein Dorf. Aber die Häuser müssen nahe ans Wasser gebaut sein. Am Abend soll der Lampenschein bis zum Fluß hindringen, höchstens darf noch ein hoher, breiter Baum sein Licht auffangen.

Gegen den kalten Wind von der Oderseite sicherte man sich in den Stuben durch Moospolster zwischen den Doppelfenstern. Manchmal steckten Papierblumen im Moos. Die hellen Fenster schachtelten sich übereinander, vom Hafen, der Fischerei und der Neustadt drunten bis hinauf zum Markt.

Der Abendrauch der vielen flachen Schornsteine und die Dämmerung verwoben sich; Schneewolken streiften darüber hin; über das holprige Marktpflaster hörte man bis zu dem Kahn am Ufer drunten einen Landwagen rattern. Aus den Türen roch es nach warmen Pellkartoffeln. Nur Burdas Haus war verschlossen und dunkel.

»Das macht der Vater öfters so, wenn er mit Viehtreibern weg war und dann mit ihnen noch in der ›Hoffnung‹ sitzt«, erklärte Michel der Kleinen, ohne sich zu beschweren, »er weiß dann schon, daß ich ’raufgehe zum Fräulein.«

Und das Fräulein würde sich ganz bestimmt freuen, wenn Wilhelmine schnell einmal mitkäme, ihr guten Abend zu sagen. Der Onkel wußte ja, daß sie erst später daheim sein wollten.

Sie schleppten nur noch die Kisten und Körbe in den Hof; Michel behielt seine Geldtasche am langen Riemen um den Hals gehängt, und sie machten sich auf den Weg treppauf.

Jedesmal schalt Fräulein Zerline auf dieselbe Weise.

»Hat der Vater wieder nichts Warmes für ihn. Hat der Vater wieder nicht geheizt. Kann der Junge wieder nicht 'rein und rechtzeitig für die Fortbildungsschule arbeiten. Muß er sich dann wegen 'm Vater wieder grob kommen lassen. Dabei ist der Junge wie 'n richtiger Kaufmann, besser als unsereins, bloß zu Wasser. Nutzt der Vater mich aus, daß ich dem Jungen Abendbrot geben muß.«

Der einzige Unterschied zu den üblichen Schmähreden des Fräuleins war heut, daß es, gleichsam als Begrüßung, alles das zu Wilhelmine sagte, heiser und aufgebracht, mit einem leichten, wütenden, starren Zittern des Kopfes. Das Fräulein war riesengroß, und seine Augen traten ein bißchen hervor, wenn es so nach unten räsonierte. Man hätte sich vor dem Fräulein fürchten können, hielte es nicht eine Kinderhand so lange und so warm in seinen knochigen Fingern.

»Wilhelmine Butenhof, Butenhof vom Kahn ›Helene‹«, unterbrach das Mädchen mehrmals den Redestrom, den rauhen, ohne Verlegenheit. Schwadronieren schüchterte die Butenhof weiter nicht ein.

Das Fräulein mußte die Vorstellung längst begriffen haben; es wollte sich wohl nur nicht stören lassen; denn als Michel damit anfing, groß zu erklären, zitterte es heftiger mit dem Kopf, daß es nach völliger Ablehnung aussah.

»Weiß schon ganz von allein. Hat ja dem Jungen so ein Licht aufgesteckt, daß er noch ganz unabhängig werden wird vom Vater, dem Ekel. 's Essen wird aber nur für zwei reichen.«

Steif und direkt ein bißchen stolz ging Fräulein Zerline Leitgöbel zum Tisch, wischte die Wachstuchdecke ab und legte die beiden schwarzen Holzbestecke hin.

»Nein, nein, ich danke auch schön« blieb Wilhelmine stehen, wo Fräulein Zerline sie verlassen hatte; »ich muß ja beizeiten beim Onkel sein.«

»Taugt der denn was?« klirrte das Fräulein mit den derben weißen Tellern.

»Auf dem Wasser, ja. Auf dem Lande muß ich erst sehen, aber ich glaube, da nicht.«

»Die ist drollig«, lachte Fräulein Zerline kurz, blickte auf den müden Knaben herab und kniff dabei eine ihrer Falten unter dem Kinn zusammen, als hätte sie trotz ihrer Magerkeit einen Kehlbraten, »zünd die Lampe am Ladentisch an; die Butenhof soll sich eine Puppe aussuchen, eine von den kleinen im linken Karton.«

»Danke«, ging Wilhelmine sogar einen Schritt zurück, »ich habe einen Kahn und ein Pferd.«

Fräulein Zerline faßte es als Verabschiedung auf.

»Die kann wieder kommen«, lachte sie ein bißchen heiser und ein bißchen dröhnend, »zu Lichten mal.«

In Zeuthen durfte man es noch so nennen. Wer abends eine Visite machte und nicht versprechen konnte, ob er noch vor halb elf, elf Uhr heimkam, der mußte seine Laterne mitnehmen; es durfte ja eine elektrische Taschenlampe sein. Denn Punkt zehn Uhr wurden sämtliche Gaslaternen an den Straßenecken auf dem Markt unweigerlich ausgelöscht.

»– 'nen Moment noch«, hielt das Fräulein die junge Besucherin nun aber doch zurück, »man erzählt sich ja verschiedenes von deinem Kahn.«

Michel, der den Kopf müde in die Hände gestützt hatte, stimmte vom Ofen her zu.

»Nicht denken würde man das von dir, wenn man dich kennt, daß ihr so 'nen Allotria treibt.«

»Das hat was Künstlerisches«, verwies ihn Zerline. Das Abendbrot war fertig, und sie hob den Deckel von der Terrine.

»Und was Künstlerisches ist immer gut. Davor muß ein jedes seinen Respekt haben. Ich bin sehr für das Künstlerische.«

Schließlich hatte sie es mit ihrem Puppentheater, dem Flittermantel und der Verehrung für des Pastors Schwägerin vom Nürnberger Stadttheater längst bewiesen.

»Ich bin mehr für die Oder. Daß meine Leute ordentliche Schiffer sind.«

»Aber wohl weniger für die Schule?« Das Fräulein wirkte mehr schroff als spitz.

Wilhelmine geriet in leichte Verzweiflung. Also auch hier hatte es sich herumgesprochen. Aber zum Glück war ihre alte Heftigkeit im rechten Moment immer noch am Platze und zur Hand.

»Was man von der Oder wissen muß, das habe ich gelernt, und das ist genug, und das kann ich auswendig. Den Lieselberg, auf dem sie entspringt. Und die Nebenflüsse. Und die Mündungen. Peene, Swine, Dievenow. Und den Artikel 341 vom Versailler Vertrage.«

Das Fräulein mochte es nicht glauben. Es schob Wilhelmine einen Stuhl hin, suchte nach einem dritten Teller, und der Junge wurde wieder munter.

»Es reicht«, erklärte das Fräulein. Gemeint war das Abendbrot. Wilhelmine bezog die Äußerung auf den Artikel 341 und seufzte ergrimmt: »Ich mein's auch.«

Und dann bewies sie, was sie konnte. Aber wieder darf niemand an die Mahlzeit denken, sondern es ist noch immer vom Artikel 341 die Rede.

Das ging wie am Schnürchen: »Die Oder ist der Verwaltung einer internationalen Kommission unterstellt, in die Preußen drei, Polen, die Tschechoslowakei, England, Frankreich, Dänemark und Schweden je einen Vertreter entsenden.«

»Da muß man ja begreifen, daß sie sich nicht so fürs Künstlerische interessiert, wenn sie so fürs Politische ist«, wurde das Fräulein Michel gegenüber lebhaft.

»Für die Oder«, schlang der Junge sein Essen hinunter.

Der Leitgöbel lag daran, von ihrer ans Schauspielerische grenzenden Wandlungsfähigkeit und Vielseitigkeit zu überzeugen.

Ob nicht die Kanalfahrten besonders interessant seien? Ob Wilhelmine Butenhof alle Kanäle kenne?

Freilich. Den Friedrich-Wilhelm-Kanal. Den Fürstenberger Oder-Spree-Kanal. Aber nicht das mindeste mache sie sich aus den Kanälen. Das mit den Schleusen sei so unnatürlich.

»Das Unnatürliche mag ich auch nicht, nur das Theatralische«, bekannte das Fräulein.

Eine durchaus hübsche Tischunterhaltung entwickelte sich, und Wilhelmine bekam einen ordentlichen Schreck, als der Regulator acht Uhr schlug. Michel brachte sie heim. Unterwegs wurde sie schweigsam und unwillig. Sollte sie sich vielleicht davor fürchten, ob der Onkel wegen ihres späten Nachhausekommens tobte oder nicht? Hatte sie das nötig? Da war doch wirklich alles auf den Kopf gestellt.

Sie war Herr auf ihrem Kahn. Sie.

Aber leider nicht im Hause. Sie wußte schon, der Onkel würde über dies und das mäkeln. Aber er sollte nicht herausbekommen, wo sie gewesen war.

Wilhelmine wurde darum gebracht, so recht von Herzen aufsässig zu werden. Der Vormund war selbst noch nicht daheim. Beim Ackerbürger Niedergesäß steckte er in der Küche und machte ihm und seiner ganzen Familie klar, was er seinem Mündel zu bieten imstande sei.

Stube, Kammer, Küche, Flur. Wer das sonst noch für so ein armes, verlassenes Würmel bereit hätte.

Niedergesäß nickte: »Eben, eben.«

24. Treibeis

In dem Moment gewann Wilhelmine wieder vollkommen die Oberhand, in dem es für den Onkel galt, sich deutlich zu äußern, ob er wisse, was im Winter aus Lattersch, Winderlich, Gura, Ohnesorge und Fordan werden solle.

Gut, Fordan mußte dreimal in der Woche in die Fortbildungsschule. Davon wurde er aber nicht satt. Er hatte seine Eltern hier. Die würden schön klagen über den Fresser mehr am Tisch. Ohnesorge fiel der Stadt Zeuthen zur Last. Lattersch, Gura und Winderlich waren in ihre Heimatorte abzuschieben.

»Wenn du denkst, daß mir das gefällt.«

Wilhelmine rückte auf dem Fensterbrett hin und her und pochte mit dem rechten Zeigefinger gegen die Scheibe, im gleichen Takt, wie von draußen die Schneeflocken heranflogen. Die Oder war kaum sichtbar, so wirbelte es. Aber wenn die Flocken den Wasserspiegel nur berührten, zergingen sie schon. Nur am Ufer blieb eine weiße, weiche Schicht Schnee. Ein Hund tollte den Damm entlang, Seine Laufspuren wurden große, schwarze Erdflecken.

»Wenn's jetzt so schneit«, trommelte Wilhelmine mit der ganzen Hand weiter, »wird's mit dem Treibeis noch eine ganze Weile dauern. Ist ja gut. Da kommen sie noch glatt 'rein. Und daß wir bloß Fracht bis Neusalz haben, paßt mal.«

Sie rutschte vom Fensterbrett.

»Na, andere Leute haben auch den Kopp voll. Der Michel. Dem sein Vatel wird sich wundern, wenn die Oder steht und der Junge nicht mehr 'raus kann.«

»Anderleuts Sorgen –«, wehrte der Onkel ab.

»Ich hab' mir schon den Schädel zerbrochen«, ließ die Butenhof sich nicht beirren, »immerzu. Und gehen muß es. Ich glaub' nämlich nicht, daß der Lattersch und der Winderlich und der Gura im Winter von uns wegziehen und uns in Ruhe lassen, Onkel.«

»Laß du mich ock jetzte in Ruhe, Mindel. Immerzu von den schweren Sachen reden.«

Aber Müßiggang mußte zuhören. Viel mehr. Er hatte mit ihr nach Neusalz zu fahren, nach Glogau, in die beiden größeren Nachbarstädte. Er wurde dazu gezwungen, sobald Wilhelmine und Michel sich einig waren. Das Mündel und sein Vormund benützten den ersten Morgenzug; am Dienstag nach Osten, nach Glogau; am Mittwoch nach Neusalz im Westen.

»Neusalz ist wie Fürstenberg, nur noch mehr rote Ziegelhäuser und eine längere Bahnhofstraße«, meinte die Butenhof; aber sie hatte sich eigentlich nur um den Wochenmarkt zu kümmern. Alle Stände gingen sie durch, fragten nach diesem und jenem, hielten sich auch beim diensttuenden Schupo auf, und Wilhelmine reckte sich, um den Eindruck zu erwecken, sie sei schon konfirmiert und aus der Schule.

»Siehst du, siehst du«, triumphierte das Kind, »kein Stand mit Fischen. Ganz was Neues wär's.«

Namentlich in Glogau, fand Wilhelmine, könnte es lohnen. Weil Garnison dort war und der Landadel hereinkam zu Besorgungen. Denn in den kleinen Hafenstädten aß man zu selten Fische. Man mochte sie nicht. Man verstand nicht, sie zuzubereiten. Darüber war die Fischerei eingeschlafen. Vielleicht auch deshalb: arme Leute haben das Gutkochen nicht erfunden.

Dem Alten paßte es wenig, in der Kälte auf dem Wochenmarkt herumzuspionieren.

»Die werden deine Bude nicht erst groß suchen.«

Wozu man Lattersch habe? Den früheren Ausrufer? Mit seinem »Noch nie dagewesen, meine Damen und Herren?« Der sogar in Reimen sprach?

Wirklich, noch nie dagewesen. Eine Fischhandlung auf dem Wochenmarkt einer mittleren Oderstadt!

»Daß du und du willst für uns sorgen, für die Leute von uns, die nicht genug Unterstützung kriegen, ist ja gut«, überlegte August Müßiggang, »aber was das alleine kosten wird, alles herschaffen mit der Bahn!«

»Bloß der Lattersch fährt mit dem Zuge«, hatte Wilhelmine schon wieder alles angeordnet, »das andere kommt alles in einen kleinen Kastenwagen. Und Hannchen wird vorgespannt.«

Der Vormund war wieder beim alten Gehorsam.

Sein Mündel und sein Großneffe schickten und schleppten ihn nicht wenig herum. Denn das wußten die beiden Kinder von der Oder ja längst, daß man sich nicht einfach seine Fische herausholen und sie in die nahen Städte zum Verkauf bringen konnte.

Die Männer auf dem Schleppkahn ›Helene‹ ahnten noch nichts von ihrem neuen Beruf, als im Tischschub in Wilhelmine Butenhofs Kammer schon ein ganz dicker, großer Briefumschlag bereit lag voll gestempelter Scheine, voller Ausweise mit unleserlichen Unterschriften, Gebührenquittungen und Postanweisungsabschnitten.

Erst hatte Wilhelmine die Ankunft ihres Kahnes nicht erwarten können. Jetzt rechnete sie sich aus, daß noch gut drei, vier Tage vergehen würden. Sie brauchte noch Zeit, all diese Erledigungen abzuschließen. Bis dahin hoffte sie weiter auf Schnee. Aber der alte blieb liegen und taute nicht mehr, die Wolken wurden heller, klarer, nördlicher; die kahlen Bäume trugen morgens Reif vom Odernebel, und abends, als der Mond sehr deutlich und kalt über Hafen und Fischergärten stand, sah man die ersten Eiskrusten am Ufer blitzen. Die Oder freilich floß draußen hinter der Mole noch immer eilig und dunkel.

Nach der dritten Mondnacht lag eine bleiche, glasige Schicht über dem Fluß, unruhig von der Strömung gewirbelt und gehoben und gesenkt. Der erste Kahn lief mit einem leisen, unheimlichen Rascheln ums Bug zum Überwintern in den Hafen ein.

»Nee, weiter wagen wir uns nicht mehr«, gab der Schiffersohn Auskunft, und die Butenhof, die ihn als zuverlässig kannte, bangte sich um die ›Helene‹.

Sosehr der Onkel nebenan grollte, nach zehn Uhr kletterte sie noch einmal aus ihrem Bett, zog sich zum späten Abend völlig an und schlich auf den Damm hinaus. Der Mond war im Zunehmen, die Stadt lag ohne Lichter da, wie ein gedrängtes, kleines Gebirge aus scharf abgegrenzten schwarzen Rundungen, Spitzen und Zacken. Die ganze Oderniederung leuchtete grau. Wo ein Mondlicht schimmerte, war schon Eis zu erkennen. Wilhelmine wußte von dem unaufhörlichen Rascheln und schaumigen Knistern genug.

Ein Schleppzug ging noch vor Anker. Sonst geschah das still und selbstverständlich. Vielleicht, daß noch ein Hund auf einem Kahne bellte, wenn die Ankerkette niederrasselte. In dieser Nacht riefen die Schiffer aufgeregt. Wilhelmine unterschied die Stimmen; auch Frauen kamen dazu.

Durchfroren trabte sie heim; unruhig, wach. Auch im Bett erwärmte sie sich lange nicht mehr. Das Rascheln des flockigen Eisschaumes ging ihr nicht mehr aus dem Ohr.

Dann wird Wilhelmine dennoch fest geschlafen haben. Ohnesorge mußte am Fensterladen klopfen; von seinen Faustschlägen gegen die Tür hatten Vormund und Mündel nichts gemerkt.

»Gestern sind wir und ein tschechischer Schleppzug noch bis Carolath gekommen. Da haben wir es heute gerade noch geschafft. Heut kommt die Oder zum Stehen«, berichtete der Steuermann und drängte sich in die Wärme, und Wilhelmine fragte ihn nichts. Sie wußte nicht, wie sie in ihre Kleider fand.

Mit drei anderen Kähnen die ›Helene‹ im Hafen! Ziemlich weit hinten, an Geibraschs Garten. Dort sah Wilhelmine schon das blaue Bug.

Pony Hannchen war bereits auf dem Damm an einen Pfahl gebunden und schnaufte dampfende Wolken in die Morgenkälte.

Mit Säcken und Paketen, Bündeln und Koffern stieg einer nach dem anderen aus den beiden Kajüten, als wollten sie alle den Kahn für immer verlassen. Es bedrückte die Butenhof, erschreckte sie.

Eigentlich fühlte sie sich in jeden Winkel ihres Schiffes gezogen, aber die Männer setzten sich auf dem Damm schon als kleiner Trupp in Bewegung.

»Wohin soll's denn?« fragte Wilhelmine und drückte immer noch einmal einem die Hand, »ihr habt ja Hannchen nicht abgebunden.«

Sie war so aufgeregt.

Die Männer blieben müde, sie froren, waren unlustig zum Sprechen. Es wurde nicht das große Wiedersehen. Die ›Helene‹ schien so abseits.

»Na, da hilft's halt nichts«, redete endlich einer vorn etwas mehr, »da ist halt der Winter hier. Da muß unsereins halt abwarten.«

Wilhelmine folgte mit Hannchen und Fordan als letzte. An den eisigen Tagen klingen Kinderstimmen heller als sonst.

»Nu, wenn die Oder auch Treibeis hat, derentwegen braucht euch doch der Arsch lange noch nicht mit Grundeis zu gehen«, damit war Wilhelmine wieder die alte.

Winderlich drehte sich bekümmert um und schwenkte seinen Koffer, abgründigen Zweifel anzudeuten.

»Ich habe Winterarbeit für euch«, strich die Butenhof den Reif von Hannchens Fell. Denn nun waren sie alle stehengeblieben, und sie fand Zeit dazu.

Nichts hätte er sich so sehnlich gewünscht, als daß sie bis zum Frühjahr alle zusammen wären, versicherte Gura. Und daß es der schönste Empfang sei, den Wilhelmine sich habe ausdenken können.

»Sag' ich. Mein' ich.«

Der Schiffseignerin war noch nie so aufgefallen, wie schrecklich laut und zerfahren der schwarze Schlangenmensch war. Aber nun hörte sie ihn gern. Und als Hannchen auch noch wieherte, war Wilhelmine voller Entzücken. Selbst die fliehenden, glasigen, dunklen Teller aus Eis, die sich mit einem Rand von Schnee und gefrorenem Gerinnsel in der Strömung drehten, empfand sie als etwas ungemein Festliches.

Die warme kleine Stube dröhnte ihr beim Frühstück noch nicht genug von Lachen und von Männerstimmen. Wilhelmine überschrie alle. Und jetzt war sie auch nicht mehr blaß. Nur Michel fehlte ihr an dem Morgen.

25. Oderkrebse, Brieger Gänse

Halb Zeuthen wartete auf der Brücke. Alle wollten es sehen, wie die flachen Eisscheiben an klobigeren Blöcken zersplitterten, wie die schweren Schollen sich gegeneinander stauten und ihre Schneekrusten sich verhafteten – wie in wenigen Minuten die Oder zum Stehen kam. Das Rauschen und Knistern verebbte, es verwandelte sich in ein hartes Knacken; es dröhnte unter der Brücke. Ganz weit drunten, an der Carolather Biegung, sah man noch die »Brieger Gänse« schwärmen, von Nenkersdorf flogen neue heran. Treibeis! Treibeis!

Lattersch zog Wilhelmine zum anderen Brückengeländer hinüber, damit ihr das Schauspiel nicht entginge.

> »Herr Steller auf der Oderfähre –
> sein Kahn geschmückt um jeden Preis,
> ging mit den Seinen so zur Wehre;
> kraft seines Amtes ging's durchs Eis«,

sprach er dabei sehr vernehmlich, aber dem Sinn nach völlig unverständlich vor sich hin. Er wollte gefragt sein. Wer hätte nicht gefragt?

»Das hab' ich dir mitgebracht«, schmunzelte der Zauberkünstler und Rekommandeur, zog ein in der Mitte längszusammengefaltetes Diarium aus der Manschesterjoppe und drückte es in Wilhelmines Hand. Aus diesem Grunde wollte er sie bei sich auf der anderen Brückenseite haben. Damit seine Schiffseignerin erführe, daß er ihr eine Sammlung Gedichte verehren wolle. Eigene.

Die Oberaufsicht über die ›Helene‹ während ihrer letzten Fahrt in diesem Jahre habe ihn nicht sehr viel Zeit gekostet.

»Ohnesorge ist ordentlich«, nickte die Kleine sachverständig, sah auf ihre Stiefelspitze und legte die Hände auf den Rücken, »Sie brauchen sich nicht groß zu entschuldigen.«

Nein, er hätte sogar gedacht, ihr eine kleine Freude zu bereiten. Gedichte seien es, von der Oder. Sie wisse doch, er könne reimen. So kleine Sprüche vor der Vorstellung, das sei immer seine Stärke gewesen. Die Schlesier aus der Oderebene könnten eben alle ihren Sonntagsrock nicht anziehen, ohne eine kleine Strophe herunterzudichten. Und immerzu untätig in der halbdunklen Koje zu sitzen, das wäre nichts für ihn gewesen.

Wilhelmine Butenhofs Schuhspitze klappte noch immer auf und nieder: »Da möcht' ich mir wohl mal alles vorlesen lassen. Aber wissen Sie, ich verstehe mich nicht auf Versel, Lattersch. Wir werden zu Fräulein Leitgöbel, zum Fräulein Zerline gehen. Die hat's nur so mit der Kunst.«

Manchmal war es gut, daß des Fräuleins Spielwarengeschäft nicht mehr sonderlich gut ging. Wie hätte Zerline sonst Zeit gefunden, sich zwischen die Butenhof und Herrn Lattersch auf das Ledersofa zu setzen und laut und langsam aus dem Diarium zu deklamieren, als stände sie nun endlich auf ersehnter Bühne.

»Sehr hübsch«, blickte sie von vornherein Herrn Lattersch ermutigend an, »schon die erste Überschrift, wirklich, sehr hübsch. ›Fürstenhochzeit‹!«

»Erinnerungen«, erklärte der Verfasser, »aber keine eigenen; nach Erzählungen von Müßiggang, Erzählungen hier aus der Gegend.«

»Dann ist es besonders kunstvoll«, pochte Zerline energisch mit der Rechten auf die aufgeschlagene Seite.

»Denke dir«, riß es Zerline wieder von neuem mit, »alles nur nach den Erzählungen eines anderen!«

Die Butenhof zeigte sich enttäuscht: »Ich dachte, es wäre mehr von der Oder.«

Das Fräulein verwies sie, und Wilhelmine mußte warten, bis die Oder an die Reihe kam:

Die Oder lang je Feu'r an Feu'r,
es tat sich ja ins Weite zieh'n,
ein Licht, es war ja ungeheuer,
wie schön leucht' Carolather Kien;
es blinkten hell die Oderwogen,
gefärbet wie ein Regenbogen.
In Kahn und Odermühle Licht,
was dagewesen ist noch nicht.

Fräulein Leitgöbel entschuldigte sich sehr, daß sie manchmal etwas stockte. Aber einmal sei die Handschrift von Dichtern meist schwer leserlich; und dann müsse man sich einen solchen Vortrag auch etwas einüben. Und es sei sehr schade, daß man sich nicht dazu kostümieren könne.

Lattersch fand es für die ernsteren Gedichte nicht einmal so passend; die wären auch nach Selbsterlebtem. Deshalb bat ihn das Fräulein, sie auch selbst zu lesen. Der alte Mann suchte sich eine Positur, und dann sprach er, tief und scharf betonend:

In vor'ger Woche, in der Hitze,
da ging ein junges Knechtelein,
erst siebzehn Jahr', von Lippen, Titze,
ja, in den Oderstrom hinein,
wollt' baden sich, das war sein Zweck,
und er ertrank sein Leben weg.

»Ich muß auch bewundern, wie Sie sprechen«, sammelte sich Zerline, »das Organ, wie im Theater. Und die Sprechweise auch. Als ob Sie ausgebildet wären, Herr Lattersch; nicht nur als Dichter, auch als Schauspieler.«

Nun mußte alles herauskommen. Wie das Fräulein es erraten hätte! Erstaunlich wäre das! Und da Zerline Leitgöbels Sinn für das Theatralische so unumstritten feststand und man bei ihr keine üble Nachrede und mißgünstige Auslegung zu befürchten hatte, durften der grauköpfige Artist und seine blondlockige Schutzherrin sich gehen lassen. Beinahe alles führten sie dem Fräulein vor, die »besten Stückel« aus der Lantschvorstellung in Koben und vom Winzerfest in Tschicherzig. Lattersch bedauerte nur, daß er seine Zaubergeräte nicht bei sich hatte, und Wilhelmine ahmte vor allem das Pony Hannchen nach. Auf »allen vieren« kroch sie im Zimmer herum, suchte die Schönste, rechnete, mit dem »Vorderbein« scharrend, und stieß zur Verdeutlichung des Glockenspieles Fräulein Zerline streng nach der Melodie mit der Stirn ans Knie.

Dem Fräulein fiel das Heft zur Erde, und das erinnerte allgemein daran, daß man sich eigentlich bei einer Vorlesung befand. Lattersch warb für sein neuestes Gedicht; es stehe im Zusammenhang mit der Fracht der ›Helene‹ und der ›Alten Hütte‹ in Neusalz. Das mußte auch die Butenhof interessieren, die nicht gar so sehr auf eine Fortsetzung der Lektüre aus war.

Fräulein Leitgöbel rügte an Wilhelmine, daß sie nicht begriff, was es hieß, Gedichte gewidmet zu erhalten, und daß sie nun sogar zu lachen wagte. Sie selbst, bekannte Zerline, habe auch kein sehr feines, sogar ein sehr rauhes Benehmen. Aber wo es um Kunst gehe, da sei nur Respekt und Begeisterung am Platze. Und Werben, Werben für die Künstler. Herr Dorn müsse in seinem ›Beobachter an der Oder‹ alle diese Gedichte abdrucken, nach und nach natürlich; und dann werde man sie aufheben, ausschneiden und in ein Heft kleben. Das sei dann wie ein Buch. Überallhin könne man es ausleihen. Das Schwierige sei nur der Titel. Denn die Verse wären Kostbarkeiten von der Oder.

Der Dichter fand ihn sofort; vielleicht hatte er schon vorher an etwas Ähnliches wie an einen Buchtitel gedacht.

Oderkrebse.

»Den Titel muß der Dichter immer selbst wählen«, war Fräulein Zerline überzeugt, und Wilhelmine wurde unwirsch gegen sich selbst, daß sie gekichert hatte, wo es um etwas so Ernsthaftes ging. Stand die Sache aber so, wollte sie auch ihr Recht wahren. Auf die erste Seite sollte deutlich geschrieben werden: »Dies gehört der Schiffseignerin Wilhelmine Butenhof.«

Und ob nicht etwas mehr von der ›Helene‹ direkt hineinkäme.

26. Fischmarkt

Dieser Winter sollte kein Ende nehmen, wünschte Fräulein Zerline. Noch nie hatte sie mit dem künstlerischen Leben der ganzen Stadt so in Fühlung gestanden wie jetzt. Keine Theateraufführung zum Winterfest eines Vereins oder einer Innung, von der sie nicht wußte. Überall hatten die befreundeten Artisten die Hand im Spiel; sie wurden von Wilhelmine getrieben, die ihnen Verdienst zuschanzen wollte, wo es nur irgend angängig war. Die Leitgöbel war klug und überlegt genug, um sich einzugestehen, was auch sie der kleinen Butenhof zu verdanken hatte. Sie bemühte sich, das Schifferkind neben dem jungen Marketender in ihrem alten störrischen Herzen unterzubringen. Mit der Zeit fiel es nicht mehr so schwer.

Daß ihr engerer Freund Lattersch im Lauf der Zeuthener Vereinsfestsaison vor seinen Kollegen immer mehr in den Vordergrund rückte, sah Zerline nicht so ungern. Bei seinem Aufstieg maß sie sich selbst einige Bedeutung zu. Ihr Gedanke mit der Veröffentlichung in Dorns ›Beobachter‹ hatte ihm guten Erfolg gebracht. Lattersch erhielt von der Bäckerinnung, vom Bürgerverein, von der Roten-Kreuz-Sanitätskolonne, vom Verschönerungsverein und dem Bund ›Heimattreuer Posener in Niederschlesien‹ Aufträge für Prologe. Sie machten sich nicht schlecht bezahlt, zumal Herr Lattersch sie selbst auswendig lernte und vortrug. Auf die einzelnen Betonungen bestimmter Zeilen hatte Fräulein Zerline beachtlichen Einfluß.

Was sie jetzt erlebte, war nun die heißersehnte Zugehörigkeit zu jener Sphäre hinter den Kulissen: alles, was geboten wurde, schon zu kennen; Bescheid zu wissen um das Zustandekommen des einen und des anderen Effektes; nachher mit den Künstlern selbst ganz, aber auch ganz vertraulich sprechen zu dürfen!

Als Winderlich in der Rolle eines fürstlichen Kammerherrn feierlich über die gelben Seidenaufschläge seines Frackes strich und in sichtlicher, aber dennoch höfisch beherrschter Bewegung an den Goldknöpfen der aufgesetzten Manschetten zupfte – denn es handelte sich um einen historischen Einakter –, vermochte Fräulein Zerline ihrer Platznachbarin im Saal vom ›Goldenen Frieden‹ nicht länger zu verheimlichen, daß diese Verwandlung eines modernen Kleidungsstückes in ein geschichtliches Kostüm –

»Ja, droben bei mir. Sie gehen alle bei mir aus und ein.«

Die Nachbarin wollte es kaum glauben. Aber wie der Herr so ein Stück auch zu tragen verstehe. Er habe ja jetzt in mehreren Aufführungen so vornehme Rollen gespielt.

Obwohl es nun schon ein wenig zu viel war mit Tuscheln und Zischen, hatte die Leitgöbel noch zu bemerken, daß das Zeuthener Publikum sich selbst zum Lob Herrn Winderlichs Spezialbegabung für das Kavaliersmäßige entdeckt habe.

Die ganze Stadt galt ihr nur noch als Publikum. Sie faßte es nicht, daß im ›Beobachter‹ noch etwas anderes zu lesen stand als Kritiken über die Feiern und als Gedichte von Herrn Lattersch. Über Herrn Winderlich müsse noch viel geschrieben werden. Niemand, der nicht von Beruf Künstler sei, habe auf der Bühne einen so elegant wiegenden Gang, klopfe so nachlässig die Asche seiner Zigarette ab und streife im Vorübergehen den Partner mit so verächtlichem Blick. Oder wie er stumm und huldigend auf die Partnerin schaue, ganz rasch, ganz flüchtig, ohne sich etwas damit zu vergeben. Das nenne man mit dem Fachausdruck Mimik. Selbst dem von ihr so besonders geschätzten Herrn Lattersch wäre in dieser Hinsicht Kollege Winderlich überlegen.

Dann wurde Fräulein Leitgöbel aber doch von Latterschs Kaninchen im Zylinderhut mitgerissen, innerlich. Für Lattersch hatte es sich durchaus gelohnt, sich aus dem Spittel-Gutshof wieder ein Kaninchen zu beschaffen. Man hielt sich ja jetzt so lange an Land auf und fand für eine solche Nummer recht häufig Verwendung. Zudem kam es bei dem viel belachten und bestaunten Auftritt nicht im mindesten auf eine Dressur des mitwirkenden Tieres, sondern allein auf die Geschicklichkeit des Zauberkünstlers an.

Der Erfolg freute Herrn Lattersch überaus. Aber er dachte manchmal mitten im Applaus des Sonntagabends mit leichtem Grauen an den nächsten Morgen. Um fünf hieß es in Dunkelheit und Kälte aufstehen, wollte er nicht den Zug nach Neusalz versäumen. Damit verstand aber Wilhelmine Butenhof keinen Spaß. Punkt acht Uhr hatte Lattersch vor der Fischbude auf dem Wochenmarkt postiert zu sein und zu der seltenen Gelegenheit aufzufordern, die sich dank Wilhelmines Klugheit und Unternehmungslust da bot. Die zwei Stunden von der Ankunft in Neusalz bis zum Marktbeginn verbrachte der alte Mann im Wartesaal; sie waren abscheulich für ihn. Kaum war es ein leichter Balsam, daß ihn manchmal früh Arbeiter und Angestellte, die mit ihm fuhren, auf seine Darbietungen vom Vorabend hin ansprachen. Er kannte jetzt sowieso schon fast alle Leute hier.

Das Ausrufen selbst dagegen barg für ihn einige Reize. Hand aufs Herz, er hing am Rekommandieren mehr als am Zaubern. Und deshalb fand Wilhelmine Butenhof ihr Verhalten nicht so hart.

Schließlich brach sie selbst ja schon eine Stunde eher auf als ihr Angestellter. Mit Michel und Hannchen, die das Wägelchen mit den Tonnen, Fischkörben und Wannen ziehen mußte.

Den Gedanken, auch den Glogauer Markt zu beliefern, hatte man bald aufgeben müssen. Die zehn Kilometer längere Chausseestrecke schaffte Hannchen nicht mehr.

»Alte Schwarze«, strich Wilhelmine nach der Versuchsfahrt durch Hannchens Mähne und nahm ihr nichts übel, »alte Schwarze«.

Der Fischstand erregte in Neusalz viel Aufsehen.

»Diese Fische sind das Ei des Kolumbus! Wer an der Oder lebt, muß Fische essen!« schrie Lattersch mit Wohllaut und wärmte sich, indem er seine Arme immer um sich schlug, als wollte er sich heftig umarmen.

»Der Mann hat recht«, sagten die Frauen und traten näher, die Auslage an Fischen zu besichtigen. Wilhelmine hatte mit Michel Pflöcke aufgestellt und sauber gescheuerte Bretter darübergelegt. Darauf standen die Emailleschüsseln und Blechwannen mit den schlagenden, glatten, geschmeidigen Fischen von herbem Geruch.

»Alles lebendig! Die Lebendigkeit ist das Geheimnis des guten Flußfisches!« gab Lattersch den Vorübergehenden einen Tip, »der raschen Anfahrt wegen vermag unser auswärtiges Unternehmen alles frisch zu liefern. Unser Fischstand hat für die Jugend zugleich den Wert einer Menagerie, eines sogenannten Aquariums. Alles wudelt, alles lebt, alles biegt und schlängelt sich. Besuchen Sie Butenhofs Aquarium!«

Aber diesen Satz mußte der Ausrufer auf Wunsch seiner Vorgesetzten wieder weglassen. Sie hatte sich schon zu ausschließlich in das Wesen einer Fischhändlerin vertieft, wog und verpackte die Fische mit Inbrunst und Geschick, wusch die Hände, ehe sie Geld nahm und herauszahlte, schützte ihr Haar gegen den Fischgeruch, indem sie ihre Locken alle unter ihre wollige Baskenmütze zwängte und ein weißes Tuch darüberband. Dadurch ging viel von der Schönheit des Kindes verloren, es sah sogar ein bißchen komisch aus, aber man fand Wilhelmine Butenhof überaus appetitlich.

Der Fleischerssohn Michel Burda richtete sich vorzüglich mit dem Schlagen der Fische ein. Auch schnitt er sie so erfahren aus, daß allein dieser Umstand die Butenhofsche Fischhandlung bei den Neusalzerinnen sehr einhob. Eine Kleinigkeit machte dabei vielleicht auch aus, wie hübsch der große Junge war. Wilhelmine fragte nur nach seiner Zuverlässigkeit und seiner Gewandtheit.

Mit Gura, Winderlich, Ohnesorge und Fordan, diesen ihren neuen Fischern, war sie mitunter weniger zufrieden. Da fehlte es oft an der nötigen Aufmerksamkeit, wenn es galt, Löcher ins Eis zu hacken, Netze zu beschweren, sie unter dem Wasser entlang zu ziehen und – der in den Grund gewühlten Schleien wegen – recht tief zu senken.

Auch ließen sie ihr zuviel Fische zurückspringen, statt sofort den ganzen Fang aus den Netzen in die schwimmenden Kästen mit den Luftlöchern zu werfen. Namentlich Winderlich war etwas zu träge, um rasch und entschlossen genug die Auswahl zwischen marktfähigem Fisch und wertlosen Uckeln und Stichlingen zu treffen, die gleich wieder ins Eisloch gehörten. Der Vormund lernte es aber, für die anderen auf alles zu achten und jeden richtig anzustellen. Wilhelmine besaß seine Achtung schon wieder in solchem Maße, er selbst suchte so heftig ein gewisses dunkles Unrecht auszugleichen, das er an dem Kinde begangen hatte, daß er jede Anweisung des Mündels pünktlich und gewissenhaft befolgte.

Und so dachten sie alle mit Stolz an die Wannen, Schüsseln und Tonnen mit Fischen, die sich auf den Verkaufsbänken aneinanderreihten und für die winterliche Fruchtbarkeit der Oder zeugten: grünlichgelbe Barsche mit den schwarzen Querbinden; bleigraue Zander, silberbäuchig; ihr Fleisch war im Winter besonders schmackhaft; olivgrün gefleckte, plumpe Welse mit breitem, abgeplattetem Kopf, sehr geeignet zum Garnieren mit Mohrrübenscheiben und Petersilienkraut.

»Der interessanteste Fisch unseres Stromes!« verkündete Lattersch, von der oderkundigen Butenhof belehrt, »er lauert hinter versunkenen Baumstämmen, Schiffstrümmern auf Beute, fängt mit seinen Barteln die kleineren Fische, frißt Krebse, Frösche, Wasservögel – Sie ahnen nicht, meine Damen, ob Sie nicht mit diesem unserem Elitewels vielleicht eine ganze Speisekarte auftischen können!«

»Dieser Lachs«, gönnte Lattersch sich keine Ruhe, »zog von Stettin an vor uns her, von der Ostsee aus wollte er mit seiner gesamten Familie – sie bestand aus dreißig bis vierzig Köpfen – auf der Winterreise unseren Fluß besuchen. Wir überzeugten uns von Bord aus von den außerordentlichen Fähigkeiten dieser erlesenen Tiere, denen es gelingt, vier und fünf Meter hoch über Wehre und Stromschnellen zu springen, ohne Dressur.«

Aber die Käuferinnen kümmerten sich noch mehr um die Hechte, prüften die fleischigen Rücken, die langgestreckten, und die starkbezahnten Rachen. Die Hechte schlugen mit den Schwänzen, wanden sich durcheinander, grau und weiß.

Die Butterlämmchen aus Aufhalt nebenan hatten keine Gönnerinnen mehr.

»Die Haie der Binnengewässer«, unterbrach der Ausrufer seine Lehren vom Lachs, weil er bemerkte, daß ein Geschäft in Hechten zustande zu kommen versprach.

»Der Aal rutscht aus der Schüssel«, schnitt die Fischhändlerin Butenhof ihm roh das Wort ab, und Lattersch hatte seine Mühe, die Firma vor dem Verlust eines Aales zu bewahren. Noch kam es auf jeden der Fische an. Denn ein Schleppkahn und ein Haus am Hafen wollten von ihrem Ertrag ihr winterliches Dasein fristen.

27. Vesper im Kahn

Mit dem Kahn und dem Hause hatte es noch seine besondere Bewandtnis. Sieben Personen waren für einen langen östlichen Winter in ihnen unterzubringen. Vormund und Mündel, Lattersch und Winderlich, Gura und Ohnesorge; und Fordan auch. Denn seine Eltern hatten durchaus keinen Platz für ihn, weil während der Flußfahrt ihres Ältesten noch ein Kleines angekommen war und an mittleren Geschwistern kein Mangel herrschte. Am besten war für Hannchens Unterkunft gesorgt; das Pony war in einem Stall bei einem Ackerbürger eingemietet.

Winderlich und die Butenhof selbst wurden die treibenden Kräfte, daß eine Umgruppierung stattfand. Winderlich erklärte sich ganz außerstande, die vielen kalten Wochen auf dem Kahn verbringen zu können; entweder waren die Kojen von den kleinen Petroleumöfen überheizt oder man fror bitterlich, von den späten Nachtstunden an.

Wilhelmine aber zog es auf ihren Kahn, seit er wieder im Hafen eingetroffen war. So gab sie sich als die Rücksichtsvolle und riet, daß die älteren Herren, Winderlich und Lattersch, beim Onkel bleiben sollten. Sie selbst würde ihr Quartier in ihrer alten Kajüte aufschlagen; und Ohnesorge und Gura sollten in der Bugkoje Fordan eben ein bißchen an die Wand drücken.

Heimlich gab sie aber dem Schiffsjungen und dem Steuermann zu verstehen, daß sie lieber den Schlangenmenschen Gura benachteiligt wissen möchte. Der Steuermann sah die Raumschwierigkeiten am ruhigsten an. Er verbrachte öfters eine Nacht an Land.

Müßiggang konnte es seinem alten Kameraden Lattersch nicht antun, sich zu widersetzen und ihm sein Haus zu verschließen. Winderlich gegenüber hätte er die Weigerung allenfalls noch auf sich genommen; der stand noch in den besten Jahren. Aber nicht mit einer zweiten Schuld sich beladen!

Fast war der Onkel froh, Wilhelmine ein wenig aus seinem engsten Gesichtskreis gerückt zu wissen. Außerdem hatte er schon so etwas geahnt. Daß der Kahn ›Helene‹ drunten an Geibraschs Garten im Hafen und Wilhelmine hinter Neuferts Kohlenhof in Müßiggangs Kammer liegen sollte – es war nicht gut denkbar.

Wilhelmine feierte das Ereignis der Rückkehr auf ihren Kahn. Allerdings nicht mit Vormund und Personal. Dazu mußte sie jetzt zu sparsam wirtschaften, als daß sie sich solche Sonderausgaben noch hätte leisten können. Michel genügte ihr als Gast.

Gleich nach dem Mittagessen hatten sie sich verabredet; am Kahn, mit Schlittschuhen. Bereits am Vormittag, denn heut war kein Markt, putzte das Mädchen an dem Nickelzeug herum. Es wollte sich den Tag wahrnehmen, obwohl die Müdigkeit noch größer war als sonst. Sicher kam die vom anstrengenden Marktfahren nach.

Die Eisbahn war nicht sehr breit, dafür aber wunderbar lang. Auf die freie Oder liefen sie nicht hinaus, sondern beschränkten sich auf den Hafen und die anschließenden beiden Arme der alten Oder. Das Odereis draußen war zu rauh. Zwischen Mole und Stadtufer jedoch wurde eine Bahn gefegt. Kleiner Nebenverdienst von Fordan.

Trotz hübscher Einnahmen war er an diesem Nachmittag verstimmt. Galt der Marketenderjunge mehr als er, daß er mit seiner Schiffseignerin eislaufen durfte? Hatte er für die beiden zu kehren? Fordan ließ Besen Besen sein, besuchte Vater und Mutter und kramte sich daheim ein paar alte, angerostete Holländer hervor. Wie der Wind wollte er an Michel und Wilhelmine vorbeisausen, immerzu.

Die glitten inzwischen friedlich dahin, manchmal im Gleichmaß, die Hände überkreuzt, dann wieder frei nebeneinander; ja, mitunter fuhr der Junge sogar rückwärts voran, wenn sie im besten Unterhalten waren.

Im Schutz der beiden Kähne, im Hafenteil der Eisbahn, war es nicht gar so kalt. Aber in den Buchten der alten Oder pfiff der Wind über die bereiften Weidenbüsche und machte den Schlittschuhläufern, auch den erwachsenen jüngeren Leuten, das Wenden schwer. Die Kleineren wagten sich nicht erst bis dorthin; sie hielten sich ganz am Rande der eingefrorenen Schleppkähne. Das Eis knisterte und splitterte leicht unter den Hunderten von Halbmonden, Kreisen, Dreien, Achten, Zickzacklinien, die von den Spitzen der Schlittschuhe eingeritzt wurden.

Am Ufer durften die Kinder sich nicht so zusammenhäufen; die Oder war ein ganz klein wenig gefallen, der Wasserspiegel des Hafens unter dem Eis mitgesunken; da gab es lange Bruchstellen am Ufer, die gefährlicher werden konnten als die deutlich markierten Eislöcher. Nur die Kinder, die von Grundmanns Berg auf Kröpeln und mit Stöcken herunterrodelten, fragten nicht danach. Der Schwung der steilen, kurzen Fahrt trug sie über die unheildrohende Zone, daß sie im Nu in der gegenüberliegenden Böschung landeten.

Michel und Wilhelmine kannten sich in alledem gut aus. Je besser sie sich einfuhren, desto mehr stockte ihr Gespräch, während für die anderen der Eislauf zuallererst eine Sache des Schreiens und Lachens zu sein schien. Bis hinauf in die obere Stadt hörte man den frohen Lärm. Und mit dem Stimmgewirr stiegen von den Kähnen, aus den alten Häusern in den Fischergärten warme, leichte Rauchschwaden über der Oder auf; sie wehten hoch über den vereisten Strom hin, bis sie sich in den Wolken der frühen Dämmerung zerlösten.

Die ersten Bullaugen der Schleppkähne wurden hell, und in den Fenstern hinter den kahlen Bäumen flammten Lampen auf. Keine glatte Hafenbahn vermochte mehr die Butenhof zu halten. Ihre Vesperzeit war da, und heut hatte sie natürlich besonderen Appetit. Mit einem Ruck hielt sie vor ihrem Kahn an und packte den Freund an der Jacke.

»Wir schnallen ab.«

Im Kopf drehte sich alles ein bißchen; die Füße waren unsicher, wie stumpf und hohl, als es auf den Kahn zu klettern galt. Gesicht und Hände feuerten beim Betreten der warmen, dunklen Kajüte. Wollschal, Mütze, Handschuhe wurden an der Herdstange aufgehängt, und sobald die Finger nur wieder einigermaßen beweglich waren, ging man ans

Kaffeemahlen und Brotschneiden. Wilhelmine hatte alles reichlich da. Fettschnitten und ein längliches, festes Pflaumenbrot. Die blauen, glänzenden Scheiben bestreute sie dicht mit Zucker; es schmeckte ihnen vorzüglich. Nach der Vesper gab es auch noch Äpfel, weil der Durst sich mit Kaffee allein nicht löschen ließ.

Da Wilhelmine die Vorhänge vor die Kojenfenster gezogen hatte, vermochte Fordan nicht zu ahnen, daß er umsonst die lange Eisbahn auf und nieder raste, gebückt, mit weitausholenden Stoßschritten. Seine Schiffseignerin saß längst schon wieder bei ernstem, beruflichem Gespräch. Das heißt, ein ganz klein wenig trug es doch auch eine persönliche Note.

»Hätte ich gar nicht gedacht«, nagte die Butenhof an einer Goldparmäne, »daß du so tüchtig werden würdest. Ich hab' das mit deinem Dampferfimmel nicht so genau genommen. Ich dachte immer, du wärst bissel zu zärtlich gewesen mit deiner Spielerei früher. Aber jetzt klemmste dich ja wirklich dahinter, daß was Richtiges wird.«

»Bei mir ist's umgekehrt«, wandte der Junge sich noch einmal dem Pflaumenbrot zu, »ich habe dir nicht zugetraut, daß du außer für das Kahnregieren auch noch für was anderes bist, an so viel anderes denkst und eigentlich wie ein richtiges Mädel sein kannst. Aber noch viel mehr als die anderen. Noch 'n bissel zarter so.«

Mehr ließ sich beim besten Willen nicht aussprechen.

Die Butenhof merkte sich alles, aber sie ging darüber hinweg; halb aus Verlegenheit, daß sie zart sein sollte, halb aus Betroffenheit, daß der Junge derart ungewöhnlich mit ihr redete und das Zarte gern an ihr mochte.

»Siehst du«, half Michel über die Pause, »du hast schon einen Kahn. Das ist eben etwas. Aber wie lange das dauern wird, bis ich zu einem Dampfer komme.«

»Dafür ist der Dampfer dann aber mehr«, erkannte die Schiffseignerin an.

»Du traust mir's zu, daß ich mal einen Dampfer habe?«

Michel selbst war ziemlich bekümmert. Doch sie traute es ihm zu. Weil er alles so vernünftig anfing und viel stärker und zäher war, als man zunächst meinte.

Aber mit der Stärke und der Zähigkeit allein gelange man doch nicht zu einem Dampfer –

Wilhelmine unterbrach ihren Gast wieder recht schroff. Sie habe ja auch gesagt: weil er es so vernünftig anfange.

Dann schwieg sie böse. Bitterböse sah die Blonde aus; sonst hätte sie auch zu viel verraten.

»Weil du dich nicht gleich auf den Dampfer versteifst. Weil du erst auf eine Maschine sparst, damit du mit dem neuen Motorboot als Marketender mehr verdienst. Und hast du das erst, kann dir in keinem Falle viel passieren. Das ernährt dich. Kommst du nicht weiter, mußt du schließlich zufrieden sein. Wirft es aber etwas ab, kannst du Geld hinlegen für die Kapitänsausbildung und dein Marketenderboot verpachten.«

Und wenn er auch nicht Vollwaise sei wie sie, gab Wilhelmine stolz zu bedenken, so kümmere sich sein Vater doch so wenig um ihn und lasse ihn alles allein erledigen, daß er beinahe auch wie eine selbständige Waise wäre.

Michel zeigte sich sehr nüchtern: auch zu der Maschine würde es nie reichen. Trotzdem Wilhelmine seinen Einnahmen durch den Fischhandel für den Winter so auf die Beine half. Er gebrauchte mehrere falsche Bilder, um seine schlimme Lage recht anschaulich auszudrücken.

»Wer so hoch hinaus will – Kapitän und Dampfer –, der muß halt die Zähne zusammenbeißen und warten. Ich bin auch immer gern wie erwachsen und möchte immer alles gleich richtig und fertig haben«, beruhigte das Mädchen den Freund zum Abschied.

Draußen lauerte Fordan ihm auf. Jawohl, der Kattein und der Bloche hatten es genau gesehen, daß die Butenhof-Wilhelmine den Burda auf den Kahn mitgenommen hatte.

Die Butenhof hatte die Kajütenluke noch nicht geschlossen, so daß sie Fordan drunten aufgeregt, fast unverständlich, dem Sinn nach unverständlich, auf Michel einreden hörte. An den Worten selbst gab es nichts zu zweifeln. Denn die Schlittschuhläufer waren inzwischen alle schon daheim zum Abendbrot oder um sich schnell noch die vergessenen Schularbeiten vorzunehmen. So war es still. Die Jungenstimmen klangen überdeutlich trotz der beabsichtigten Gedämpftheit.

»Und wenn du unser Mädel nicht in Ruhe läßt«, zischte Fordan, »ich bring' euch noch auseinander, daß es nur so raucht. Ich zeig's an, daß sie gar nicht richtig krank ist. Da heißt's ›nach Fürstenberg!‹ mein Lieber. Die gehört uns, und du kannst –«

Wilhelmine stand auf der Kajütentreppe vor ihrer engen Küche. Die Tür war jetzt zugeschlagen. Wilhelmine wurde unruhig. Sie erschrak sogar, als Fordan droben klopfte.

Auch er war aufgeregt. Er redete so zusammenhanglos. Daß er sich noch 'n bissel mit ihr unterhalten möchte. Wenn andere –

Einen Augenblick empfand die Butenhof eine gewisse Freude, nun schon so erwachsen zu sein, daß die großen, sechzehnjährigen Jungen aus der obersten Fortbildungsschulklasse anfingen, sich um sie zu streiten.

Fordan ließ keine Freude aufkommen. Sein Gerede nahm kein Ende, und sein Blick erhielt etwas Unverfrorenes und Unstetes. Der Bootsjunge packte das Mädchen unvermittelt sehr fest an den Schultern; und sie sollte ihm etwas sagen.

»Ich werde dir sagen, daß ich dir von Ohnesorge den Popo verhauen lasse«, schmiß Wilhelmine ihn hinaus. Aber es war nicht ihre alte Grobheit und Frische. Es klang unsicher und verlogen; es beängstigte sie, daß sie etwas nicht begriff, was nahe und beunruhigend war. Zum erstenmal fühlte sie Furcht auf ihrem Kahn. Der Gedanke an die Winterschule in Fürstenberg war gar nicht mehr so schrecklich. Unter Mädchen zu sein; und sie vielleicht fragen zu können; nein, der Gedanke war nicht mehr bedrückend, in einem Saal mit weißen Mädchenbetten zu schlafen.

Aber die Besänftigung kam für Wilhelmine Butenhof in diesen Stunden doch von zwei blauen, weiten Jungenaugen unter gebräunter Stirn und welligem, tiefbraunem Haar.

Nur auf dem Kahn wollte sie nicht mehr bleiben. Sie hörte Ohnesorges und Fordans Schritte auf dem Deck und zog ihr Federbett bis ans Kinn. Dabei war die Koje eher überheizt.

Mein Himmel, schalt Wilhelmine sich in ihren Gedanken, ich tue ja, als wären Fremde oben. Ich weiß doch, wer's ist.

Die jungen Männer waren dennoch wie Fremde.

28. Zucker für Hannchen

In der nächsten Zeit log Wilhelmine Butenhof ziemlich oft. Und da gerade die Weihnachtstage waren, muß man es doppelt verurteilen. Zu

Lügereien kam es allerdings nur gegenüber dem Fräulein. Und damit verfolgte sie bestimmte Zwecke.

Das Fest selbst wollte sie noch auf ihrem Kahn verleben; als wäre nichts geschehen und als stände ihr nichts bevor, hatte die Butenhof alle Männer, Michel und auch Fordan und selbstverständlich auch Fräulein Zerline am Heiligen Abend in ihre Kajüte geladen. Da die Decke etwas niedrig war, mußte der Christbaum sehr klein gewählt werden. Auch war es nicht möglich, mehr als acht Lichter aufzustecken. Einmal hatte das Fichtenbäumchen zu wenig kräftige Zweige; und dann wäre es auch zu heiß in der engen Kabine geworden: das Gedränge der vielen Menschen, der Petroleumofen, der Punsch, die Lampe – Mohn-klöße und Äpfel dagegen waren schön kühl.

Auf dem Wege von der Christnacht zum Kahn – allein am Heiligen Abend ging Wilhelmine Butenhof zur Kirche – hatte die Schiffseignerin, während die Glocken läuteten, ihr Pferdchen besucht, ihm eine ganze Tüte Stückelzucker gebracht. Was nur mit ihr war? Am liebsten hätte sie den ganzen Weihnachtsabend in der Ackerbürgergasse, in Hannchens Stall verbracht und ihre Gäste auf der ›Helene‹ allein gelassen. Aber Hannchen widmete sich nach der Zuckerfütterung seiner Herrin nicht sonderlich. Hannchen wußte nicht viel davon, daß heut in allen Kirchen über die Tiere im Stall heilige Worte verlesen wurden. Wilhelmine hatte das das sehr gefallen; auch der Chorgesang, das dreimal »Heilig«.

Als Wilhelmine Pony Hannchens Stall verließ, waren in den Fenstern der Nachbarhäuser schon drei strahlende Christbäume zu sehen. Das Kind wurde nicht recht froh. Das Herz wurde ihm nicht mehr so weit wie früher vor der Einbescherung; es war sogar von einem leichten Druck zusammengepreßt; und Wilhelmines Stimmung gegen die Gäste hatte fast etwas Gereiztes.

Gura war ihr zu laut und redete so schrecklich überschwenglich; dabei konnte man ihn nur schwer verstehen mit seinen vielen »ich mein'!« und »sag' ich«. Als er behauptete, so kleine Christbäume wären das Reizendste von der Welt, konnte sie nicht anders, als nur zwei Meter hohe Tannen überhaupt einigermaßen verwendbar zu finden.

Im wesentlichen riß Fräulein Zerline das Gespräch an sich. Sie war sehr glücklich, das Fest ganz in Künstlerkreisen verleben zu dürfen, und es bedrückte sie für ein paar Stunden nicht mehr im mindesten, daß ihr Weihnachtsgeschäft in Spielsachen so schlecht gewesen war wie noch nie. Wilhelmine indessen litt darunter, daß man vor dem 24.

Dezember allenthalben Karpfen aus den umliegenden Gutsteichen verlangt hatte und ihre guten, frischen Fische ablehnte. Deshalb sollte es auch auf der ›Helene‹ zum ersten Feiertag keine Gans, sondern eigene Fische geben. Sie machte sich nichts daraus, ihren Leuten das zuzumuten.

Der Onkel klagte, daß es morgen nichts sein sollte mit der Gans; aber er verbarg damit nur seine schlechte Laune über die Anwesenheit seines Großneffen und des Fräuleins. Die hatten heut und sonst hier nichts zu suchen.

»Wie die Leitgöbel sich pärscht«, flüsterte er Winderlich ins Ohr. Aber der war gerade in die Illusion vertieft, sich unter riesiger, elektrisch beleuchteter Tanne in tonangebender Gesellschaft auf hoher See, im luxuriösen Speisesaal eines Hapagdampfers zu befinden, und gab seinem Tischnachbarn Müßiggang mit vielen erregten und diskreten Bewegungen zu verstehen, daß man sich über anwesende Damen nichts ins Ohr sagen dürfe, namentlich nichts Sinnliches und nichts Abfälliges.

»Und der Bengel, der verpuchte«, hielt sich der Alte da an seinen Neffen. Das würde schließlich noch erlaubt sein.

Das Fräulein merkte nichts. Es war hingerissen von der Aussicht, daß die eigentliche Saison erst nach Neujahr beginnen würde. Ganz genau rechnete sie es den Herren und der jungen Gastgeberin vor. Vor Weihnachten, das waren alles nur Adventsfeiern und Verlosungen der Vereine. Mit den Bällen und Jahresfeiern nähme es erst nach den Heiligen Drei Königen seinen Anfang. Die Truppe würde zu tun haben! Man sollte nur die kurze Ruhezeit bis dahin genießen und sie für ein privates Fest ausnützen. Das Fräulein dachte sich allerlei Lustiges für Silvester aus. Silvester wäre der richtige Abend für Künstler.

Michel und Fordan gerieten ganz in die Partei der Leitgöbel. Darüber fand der Bootsjunge sich mit der Anwesenheit des Rivalen ab. Sonst wäre ja auch er selbst von der Weihnachtsfeier auf dem Kahn ›Helene‹ ausgeschlossen worden. Für Jungen ist gemeinsames Lachen genau so wichtig, wie wenn Frauen miteinander weinen. Es ging mit Michel wirklich viel besser, als er erwarten durfte. Vielleicht, weil Fordan fast noch war wie in seiner Knabenzeit: alles abschütteln; immer sich drehen und wenden; und im Grunde unerschütterlich treu gegen jeden, der einmal gut an ihm handelte. Und Wilhelmine hatte gut, sehr, sehr gut –

Schon schrie das Fräulein wieder »Prosit!« und »Auf die Kunst!«

Der Weihnachtsabend schien vergessen. Dabei lagen die Geschenke, mit denen man sich gegenseitig überrascht hatte, noch wie unberührt auf Wilhelmines Bett. Darüber soll sich niemand weiter wundern. Wo sollte denn der Platz für eine so lange Tafel herkommen?

Die Butenhof hatte ihr Bett hübsch mit weißen Tischtüchern eingedeckt und über den Kajütenfenstern viele Tannenzweige, mit Lamettafäden behängt, angebracht. Das schmückte das Bett sehr und hob die Wirkung der Gaben. Reizende Sachen waren das, fand man; meist aus Marzipan oder Seife: Tannenzapfen, Revolver, Kätzchen, Pilze, Uhren, Stiefel. Wilhelmine selbst erhielt eine Flasche, in die überaus kunstvoll Jerusalem, der Ölberg, eine Palme und ein Segelschiff eingelassen waren, eine gute Schifferarbeit aus Stettin.

»Alles sehr anzüglich«, lobte der Onkel, weil man für jeden etwas so Passendes hingelegt hätte.

An Bug und Heck ihres Kahnes hatte Wilhelmine Butenhof Fichtenzweige festnageln lassen. Damit stand ihr Kahn zum Feste einzig da. Ein Blick auf den Hafen zur Heiligen Nacht bewies es.

Kein Mensch achtete mehr auf all die Schönheiten. Fraglos trug das Fräulein daran schuld. Die Leitgöbel bestürmte Herrn Lattersch geradezu, neue Gedichte vorzulesen. Möglichst ein festliches. Sie führte seine letzten Niederschriften im Täschchen mit sich. Herr Lattersch hatte das Gewünschte. Es war sogar ein bißchen weihnachtlich, biblisch direkt, und es betraf auch die Oder, an einer Stelle. Deshalb gefiel es allgemein. Für den 6. Januar war es bestimmt. Zum Wartenberger Katholischen-Gesellenvereins-Fest; und so fing es an:

Als ersten Vorstand nennt die Wahl
den Herrn Doktor von Friedenthal.
Der liebe Gott krön' sein Bemüh'n,
hat Gutes viel getan,
er war Minister in Berlin,
seht ihn mit Freuden an,
der dies verfaßt, ihm fest vertraut,
er hat die Schleusen ausgebaut.
Ich bitte ein für allemal:
Hoch leb' Herr Doktor Friedenthal!

Das packte. Die Stimmung war wie umgewandelt. Man wollte einander auch mit hochleben lassen. Lattersch geriet ganz aus dem Häuschen. Er reimte gleich weiter:

> Wir trinken, und wenn ich mir's borge,
> 'ne Runde noch auf Ohnesorge.
> Dann rufen wir beim Gläserklang
> ein: Vivat, August Müßiggang!

Ob die Damen etwa noch Punsch –? Die Herren lachten furchtbar, daß man Wilhelmine neben Fräulein Leitgöbel nun schon zu den Damen zählte.

Die Schiffseignerin und Wirtin erhob sich pflichtgetreu. Punsch wäre noch zu liefern; jedenfalls hätte sie Obstwein, Zimt, Nelke, Zitrone, Rum im Küchenbüfett. Und Tee zum Strecken.

Fräulein Zerline half ihr im Küchenwinkel.

»So viel Tee?« zischte sie, die Rechte der Männer und Jungen zu wahren.

»Feste panschen«, beharrte die Butenhof und log im Anschluß daran bereits von neuem und log wieder dasselbe wie seit Tagen: »... jeden Abend sind sie sternhagelvoll. Ich mag nicht mehr auf der ›Helene‹ bleiben, keine Nacht mehr. Heut abend geh' ich mit Ihnen mit. Bloß Ihr Sofa will ich. Decke und Kissen bringe ich mir mit, Fräulein.«

Die Leitgöbel war so in Schwung, daß es sie begeisterte, sich noch bis spät in die Nacht und gleich am ersten Feiertagsmorgen wieder von allem unterhalten zu können, was ihr altes, störrisches Herz fast bersten ließ.

Wie eine Opernsängerin sollte es Wilhelmine bei ihr haben. Aber wo sie den Stückelzucker hätte, den Zucker für den zweiten Punsch. Die Butenhof mußte ihn herausrücken. Sie tat es ungern. Denn wer weiß, ob Hannchen mit dem Weihnachtsgeschenk in ihrer Krippe so hausgehalten hatte, daß der nachgeschüttete Zucker noch für die Feiertage reichte, an denen alle Geschäfte geschlossen waren. Denn für ein Pferd ist Zucker zu Weihnachten alles: Äpfel und Nüsse, Pfefferkuchen und Mohnklöße, gelbe Wachslichte, Glocken, Schnee, Silberkugeln, Engelshaar, Punsch und Flittersterne.

29. Altenteil, Große Sprünge

Was allein unter den Männern schwer zu erleben gewesen wäre, machte Wilhelmine sanft und verwundert in Fräulein Zerlines Stube durch. Die Leitgöbel erklärte ihr, daß an dem Zustand nicht alles vom Ärger über den Kahn herkäme, wie die Butenhof zunächst hartnäckig behauptet hatte. Dann machte der Gedanke an den Onkel sie auffallend unruhig. Man konnte es ihm nicht verheimlichen, daß sie den Kahn verlassen hatte und bei dem Fräulein wohnen würde. Die Leitgöbel nahm Wilhelmine den schweren Gang ab.

Der Vormund empfing die Mitteilung gedrückt.

Wenn die Mindel, das Lämmel, das bewuschperte, nur im geringsten den Wunsch geäußert hätte, wieder zu ihm ziehen zu wollen, stantepe würde er den Lattersch und den Winderlich 'raussetzen. Aber das Fräulein habe ja recht. Er sei dem Fräulein richtig gram. Das müsse er schon sagen. Ob sein Großneffe nicht genüge. Nun müsse sie auch noch das Mäderle haben, nun würde das Hundel immer bei ihr 'rumpurren. Wo er so froh war, daß er sie der Frau Kapitän –

»Nee, nee, da haben Sie sich ganz bestimmt verhört, möcht' ich glauben«, ließ Müßiggang das Fräulein nicht weiter fragen, »ich hab' och ganz und garnischte was von einer Frau Kapitän gehört. Ich kenn' Ihnen überhaupt keine Frau Kapitän.«

Das Fräulein wunderte sich und führte wieder weibliche Fürsorge ins Treffen. Der Vormund gab ganz klein bei. Er wollte nicht zum zweitenmal an seinem Mündel schuldig werden.

Zerline tröstete. Müßiggang solle doch seinen Neffen Michel zu sich holen.

Ganz giftig wurde der Alte:

»Ach nee? Nich gar? Jetzte wo er groß ist? Und Sie haben mein kleines Herzerle? Sie sind aber sehr garstig, Fräulein. Ich werd' Ihnen was sagen, liebes Fräulein, sagen darf man's ja: Es gibt ebenst nich genug kleine Kinder für die alten alleinstehenden Leute, und dadervon kommt ebenst das ganze Unglück in der Welt, möcht' ich sprechen. Die jungen Leute, die können das gar nich wissen und wenn unsereins und er war' klüger gewesen in seiner Jugend –«

Er zeigte bald auf sich und bald auf sie –

»Sie auch, liebes Fräulein, und iche, wir würden vielleicht und wir hätten – denn damals war doch noch eine sehr eine gute Zeit. Ich muß Sie überhaupt erschtemal bitten, liebes Fräulein, daß wir das so richtig und regulär verdischkurieren tun«, damit zog er die Leitgöbel neben sich aufs Sofa, »weil und daß de das nich gutt tut, wenn das nicht alles bis ins letzte ausventiliert ist.«

Zerline war ganz befangen. Aber einem älteren Herrn durfte sie als gesetzte Person natürlich nicht weglaufen wie ein dummes, junges Ding einem grünen Springinsfeld.

August Müßiggang druckste entsetzlich herum, fand Fräulein Zerline, bis sie begriff. Damit ihm sein Wichtel nicht ganz verloren ginge. Und sie könnten sich doch sozusagen, möchte er sprechen, in die beiden Kinder teilen und sie zusammen haben. Sehr einsam wäre er. Nicht einmal zu den kirchlichen Gemeindevertretern traue er sich; wegen 'm Herrn Pastor und Mindels ausgefallenem Konfirmandenunterricht. Wenn das liebe Fräulein (mit einem Male) und sie könnte sich entschließen –

In aller Stille. Von der Trauung, dadervon brauchte erst niemand 'was zu wissen; vielleicht gar nicht einmal kirchlich; wegen 'm Herrn Pastor und Mindels ausgefallenem Konfirmandenunterricht. (Es beschäftigte ihn sehr.)

Dem Fräulein brannten wieder rote Flecken auf den Backenknochen. Zerline hatte es gefühlt, sie hatte es gefühlt, daß eine neue, große Zeit ihres Lebens schon seit Wochen im Anbruch war.

Herr Müßiggang ernüchterte sie schlimm. Immerzu redete er vom gemeinsamen, bescheidenen Altenteil, während in ihr die gewaltige Empfindung blühte, daß sie sich zu einem Sprung ins Bodenlose aufraffen müsse. Etwas ganz Neues schwebte ihr vor. Aber keinesfalls hatte es auch nur im entferntesten mit Herrn Müßiggangs Angebot zu tun. Soweit sah sie klar, und das gab ihr die Haltung für einen raschen Abschied.

Dabei war in ihrem Innern die Sache kaum so flink abgetan. Zuviel ereignete sich für sie zu gleicher Zeit. Das Fräulein hätte vielleicht überhaupt nicht das entschiedene Bedürfnis nach dem großen Sprung verspürt, wenn ihm nicht ausgerechnet an diesem Morgen der Wirt endgültig mit Exmission gedroht hätte. Das Weihnachtsgeschäft hatte dem Fräulein nichts gebracht; die Leitgöbel vermochte auch nicht einen kleinen Teil ihrer Schulden abzustoßen. Sie sollte nicht gerade zu Silvester oder am Neujahrsmorgen auf die Straße gesetzt werden, aber so um den dritten, vierten Januar herum, hatte der Wirt gemeint. Ihr Angebot, sich an ihre Spielwaren zu halten, mußte er ablehnen. Das wäre unverkäuflicher Plunder und zu gar nichts mehr nütze.

Dem alten Fräulein tat es schon sehr wohl, eine junge Frauensperson zum Aussprechen bei sich zu haben. Da konnte das Fräulein auch zeigen, daß es nachträglich sehr schlagfertig war, und es glaubte fest, vorhin Herrn August Müßiggang genau so geantwortet zu haben, wie Wilhelmine es jetzt zu hören bekam.

Das ist nicht die wahre Liebe, Herr Müßiggang. Sie tun es ja mehr, um sich das Kind zu sichern. Und eigentlich hatte ich diesen Antrag von ganz anderer Seite erwartet. Ist es so schwer zu erraten? Freilich von Herrn Lattersch. Aber auch da hätte ich mich nicht entschließen können. Das unordentliche Haar. Trotz der hohen Begabung. Die schmuddeligen Kragen. Und dann tut es auch nicht gut, wenn zwei so künstlerische Temperamente wie Herr Lattersch und ich das ganze tagtägliche Leben miteinander verbringen.

Aus dieser – wirklich empfindsamen – Erkenntnis heraus hätte Herr Lattersch es sicher auch niemals zu dem unheildrohenden Antrag kommen lassen.

»Das haben Sie dem Onkel auch gesagt?« staunte die Butenhof.

Nein, nein, das nicht. Das sei ihr nur jetzt im Augenblick so privat herausgefahren. Heut vormittag hätte sie das nicht geschehen lassen, so schlagfertig, so klarblickend, wie sie wäre. Das Gespräch mit Müßiggang wäre in dieser Hinsicht gerade ganz anders verlaufen.

So etwa: Sie müssen es nicht zu schwer aufnehmen, lieber Freund. Ich will es Ihnen erleichtern. Ich habe einen sehr bestimmten Geschmack. Ich liebe seit jeher Männer in der Art eines Ohnesorge. Das muß es Ihnen erträglicher machen. Klagen Sie nicht unser Alter an. Dort liegen nicht die wahren Gründe meiner Weigerung. Keinen Künstler wie Lattersch. Keinen treuen Hausvater wie Sie.

Erst stellte Fräulein Zerline sich in der bedauernden und bewundernden Pose von Herrn Müßiggang hin, dann wiederholte sie die eigenen kühlen, gewandten, ein wenig schmerzlichen Handbewegungen, damit für Wilhelmine alles recht eindrucksvoll würde.

Wilhelmine preßte ihre Hände über Mund und Nase und wiegte den Kopf entsetzt hin und her. Das Fräulein errötete bis unter die grauen Locken.

Kein Wort von Ohnesorge sei über ihre Lippen – Sie beschwor es leidenschaftlich. Da aber für Zerline immerhin dies und jenes peinlich geworden war, vollzog sie eine rasche Wendung zum Jähzorn. Alles in Erinnerung.

Wovon gedenken Sie zu leben, Herr Müßiggang, wovon in aller Welt? Muß sich Ihre Affäre nicht so entwickeln, lieber Herr, daß wir Ihrem Mündel zur Last fallen?

Wilhelmine winkte ab. Nicht der Rede wert. Das sei sie gewohnt.

Das Fräulein blickte unruhig auf die junge Freundin. Aber weiter, weiter. Die Leitgöbel fühlte sich gehetzt. So erschlagen, genau in dieser Weise, wie sie es vorführe, hätte Herr Müßiggang dagestanden. Und sie selbst, ruderte Zerline mit weitausladenden Gesten durch das Zimmer, habe »Nein« und abermals »Nein« gerufen.

»Aber was machen?!« hielt sie plötzlich vor Wilhelmine Butenhof an und war nichts als eine verängstigte, alte Frau, der man die Exmission mitgeteilt hatte und deren einzigen Besitz, ein Puppentheater, ein paar Kindertrompeten, Papierspiele und Baukästen, man als wertlos und ungeeignet zum Pfand bezeichnet hatte.

»Packen Sie nur Ihren Korb«, blickte Wilhelmine sich in der Ladenstube um, »und es wird schon werden. Wenn Sie bei mir auf dem Kahn sind und es geht los im Frühjahr, lernen Sie ja den Onkel auch noch besser kennen, und dann werden Sie sich noch einmal alles überlegen.«

Die alte Person weinte, brummte, schloß das Mädchen in ihre Arme, stammelte: »... immerzu geahnt – einen großen Sprung – einen riesigen, entscheidenden« – und vergewisserte sich, daß sie noch vor der vom Wirt gestellten Räumungsfrist auf dem Kahn einziehen durfte.

Die Männer widersetzten sich dem Entschluß der alten und der jungen Freundin nicht einmal so sehr. Sie fanden Wilhelmine sehr anständig, und Ohnesorge und Fordan wußten für die Zukunft, woran sie waren. Gura merkte nichts.

»Dumm wie eine Dame«, bedauerte und verachtete der Bootsjunge den Schlangenmenschen.

Einen ganzen Wäschekorb voll Spielzeug trugen sie zum Hafen. Dafür war keine Verwendung. Daher räumte Fräulein Zerline nach und nach Trompeten, Geduldspiele, Glasmurmeln, Klappern, Ausschneidebogen und all das andere in Wilhelmines Einkaufstasche und Henkelkorb und stattete damit Visiten auf den Nachbarkähnen ab; wo Kinder waren, versteht sich. Das machte, obwohl doch die Kinder erst vor kurzem ihre Weihnachtsgeschenke erhalten hatten, die ›Helene‹ im ganzen Hafen beliebt. Kein Mensch dachte mehr daran, daß sie einmal ein mißachteter Kahn gewesen war und beinahe zum Raubschiff werden sollte.

Wie die Kinder von etwas reden, darauf kommt es an. Und von der ›Helene‹ sprachen sie wie von Geburtstag, Weihnachten und Ostern; sie sahen Wilhelmines blauen Kahn wie behangen mit Christbaumkugeln und mit Ostereiern.

Auch die Erwachsenen dachten etwas Ähnliches, wenn die Kleinen auf allen Schleppkähnen rings dank Fräulein Zerlines Güte trommelten, Fahnen schwenkten, Puppen wiegten und Knallerbsen auf die Eisbahn donnerten.

Es war wie Silvester und Fastnacht auf einen Tag, und deshalb empfand das Fräulein den Anfang des neuen Lebensabschnittes als festlich, trotz der Enge und Fülle um sie.

»Wie Fastnacht und Silvester zusammen«, wiederholte die Leitgöbel ihren schönen Gedanken vor der Schiffseignerin laut, denn sie wollte sich etwas vom Gewissen reden und sehr dankbar sein.

Wäre nur schon Fastnacht, sorgte sich die Butenhof, um Fastnacht schmilzt immer das Eis.

30. Winterzerstörung

Vor Fastnacht kamen die Stürme. Wer das Land dort nicht kennt, vermag es nicht zu glauben, daß sie den Frühling bringen sollen. Düster, heulend, kalt brechen sie aus der Carolather Heide hervor, fegen den körnigen Schnee über das Odereis und rütteln an den Kähnen drunten vor der Stadt und an den Dächern und Fensterladen der alten Häuser über dem Fluß. Das Eis der Oder scheint nicht aufzutauen – viel eher ist es so, als zerberste es im Sturm in klobige Blöcke, die durcheinanderstürzen und sich gegenseitig zerschlagen. Manchmal spritzt das dunkle Wasser hoch auf, so gewaltig zersprengen sich die riesigen Schollen. Die Schiffer sehen wieder Wasser, und deshalb beharren sie dabei, es werde Frühling; und ihre Kinder bringen aus der fahlen Mittagssonne einen Zweig mit Weidenkätzchen zum Beweis.

Im geschützten Hafen schmolz das Eis etwas rascher. Aber der Wind raste stark von der freien Oder her um die Schleppkähne, klapperte mit ihren Stegen, schlug Kajütentüren schmetternd zu; wenn einer sie nur einen Spalt öffnen wollte, warf er sich wie Wogen gegen die Bordwände, die seinem Anprall zugekehrt waren.

Da fühlte sich nur der Schiffseigner sicher, der seinen Kahn neu gerichtet, gut geteert, vom Tischler und vom Maler aufs genaueste überholt wußte. Durfte die junge Wilhelmine Butenhof nicht zu jenen sorgsamen Schiffsvätern zählen, durfte sie nicht ein wenig verächtlich von den Stürmen der Oderebene denken und das Segel ihrer ›Helene‹ für das Frühjahr wohlgefällig prüfen?

Wilhelmine betrachtete ihren Kahn nicht ohne Mißtrauen. Heut nacht hatte sie ein Splittern gehört, das sie beunruhigte. Ja, ja, schon gut. Das Eis ums Heck war geborsten diese Nacht. Aber dieses langgezogene ruckweise Knacken, erst rechts, dann links, dann noch einmal mehr auf das Bug zu –.

Sie wollte ihre Angst nicht übertreiben. Doch einen schrecklichen Verdacht konnte sie nicht von sich weisen. Vielleicht war der Vater doch ein besserer Schiffer gewesen als sie. Vielleicht hatte sie sich zuviel Selbständigkeit angemaßt. Vielleicht hatte Malermeister Senftleben in Koben nur von seinem Handwerk etwas verstanden, aber zu wenig nach der Haltbarkeit eines Kahnes gefragt, den der Vater Schiffer vor seinem Tode schon aufgegeben hatte, wenn er auf eine neue ›Helene‹ sparte. Vielleicht hätte Maler Senftleben seinen Schwippschwager, den Kapitän, zu Rate ziehen sollen. Ach, Kapitäns –

In den Kojen schwadronierten die Männer und lärmte lachend das Fräulein. Der Onkel war auch erschienen und wollte sich erkundigen, ob er in seiner Stube, Kammer, seiner Küche und dem Flur ans Großreinemachen denken müsse, falls es etwa rasch losginge mit der ersten Frühlingsfahrt.

Sein Mündel sah ihn mit beinahe müden, fremden Augen an. Es war allein auf Deck, blickte nach Mast, Segel, Ankerwinde, Steg und Lagerraum, wie gejagt.

»Bis die Oder frei ist – es kann noch lange dauern, Onkel. Und hoffentlich dauert es lange, Onkel«, verlangsamten sich Wilhelmines Worte, und ihre Stimme zitterte, »denn ich glaube, ich muß den Kahn noch mal nachsehen lassen –«

Aber dem Onkel wurde es zu kalt, zu windig und zu unverständlich, und er kroch schon zur Kajüte hinab.

Das Mädchen kratzte an der blauen Farbe, es nahm sich vor, in einem unbelauschten Moment das Messer zu Hilfe zu ziehen. Es mußte wissen, genau wissen, ob der Kahn morsch war, so morsch, daß ihn nichts mehr rettete – daß der Frühling kommen würde und die Dampfer – die Steuerleute würden am großen Ruder hantieren, auf den anderen Kähnen – abstoßen vom Land, auf den anderen Kähnen –

Und vom Oberlauf her würde das schwarze Motorboot der Wasserpolizei aus Glogau heruntergejagt kommen, sobald der Fluß nur eisfrei wäre. Auf ihr Schiff würden die Beamten steigen, überallhin kriechen, alles begutachten, sich anschauen, sie anschauen, im Beiboot um die ›Helene‹ fahren, ganz langsam, ganz prüfend –

Wilhelmine erkannte sie alle am Ufer: den Vormund und den Zauberkünstler, den Schlangenmenschen und den Steuermann, das Fräulein und den Bootsjungen, alle von der ›Helene‹ gewiesen wegen – Untergangsgefahr. Untergangsgefahr. Morsch. Leck. Ausbesserung nicht mehr lohnend.

Jeder Gedanke war für Wilhelmine ein Stich durch ihre Schläfe. Sie hockte auf dem umgelegten Mast, zog ihren Mantel fest um sich, streifte sich die Haare aus der Stirn und warf sie mit unruhigem Ruck wieder ins Gesicht zurück; ihre Füße scharrten hin und her; unter den Augen, die sich verdunkelten, erschienen wieder die geraden, bläulichen Striche – die Hast und Heftigkeit, mit der ihr Herz klopfte, machte sie schwindlig.

»Du weißt also –«, zögerte Michel, der von der Butenhof unbemerkt über den Steg gekommen war, »– weißt also – von wem –?«

»Seh’ ich doch. Seh’ ich doch«, rieb Wilhelmine das Kinn mit der Faust, immerzu.

»Nein, gesehen hast du doch nicht«, erschrak der Freund, »du doch nicht. Das hätten sie mir doch im Stall gesagt …«

»Was ist im Stall?« strichen die Hände des Mädchens noch immer über sein Gesicht, als höre es nicht, als wäre es in unaussprechlichen Jammer versunken, von seinem Elend verwirrt.

»Jetzt weiß ich gar nicht, was du gehört hast und gesehen«, packte den großen Jungen die Sorge – »nach Hannchen war ich gucken. Ob wir wieder anfangen können mit dem Marktfahren. Noch mal anfangen, ehe – ehe du mitmachst mit dem ersten Schleppzug. Aber Hannchen wird –«

Und nun war es gut, daß Wilhelmine die Augen schon mit den Händen bedeckt hatte und auf dem umgelegten Mast kauerte.

»Red' erst unten nichts«, erhob sie sich und steckte ihr Taschentuch weg, »gelt, red' erst nichts.«

* *
*

Der Tierarzt und der Ackerbürgersohn führten Hannchen aus ihrem Stall. Fast war es, als spüre das alte Russenpferdchen den Steppenwind der Heimat, als tue die matte Sonne seinen trüben Augen wohl.

»Na ja, ja«, klopfte der Tierarzt Hannchens stumpfes, struppiges Fell und hob ihre Lider ganz vorsichtig.

»Was gut ist für Hannchen, Herr Doktor«, hatte die Butenhof nur noch zu sagen; aber ihr Blick ging scheu über den Mann; er hatte ein gutes, einfaches Gesicht.

Wilhelmine hatte mit Hannchen nichts mehr zu tun. Sie ging gleich zum Hoftor hinaus, gerade, festen Schrittes wie immer, schnell, nach freundlichem Gruß. Nur der Kopf steckte tiefer als sonst im dürftigen Mantelkragen.

Michel wagte nicht, sie zu begleiten. Aber eine Bangigkeit nach dem Mädchen überfiel ihn so hemmungslos, daß ihm war, als könne er diese Bangigkeit nie mehr loswerden. Seine Augen waren wie schmale Striche, und seine Lippen verschwanden fast.

Keinen Gedanken hatte Wilhelmine Butenhof für ihr Hannchen, keine Empfindung. Nur daß sie den stillen, glühenden Sommer fühlte, ein Ährenfeld sah, ein Wrack und ein Glockenspiel, über und über von weißer Winde umwuchert.

Dabei kam der Vorfrühling so schwer, so kämpfend, so kühl über der Oderebene herauf.

* *
*

Hannchens Grab hat sie sich dann sogar zeigen lassen und nichts damit und mit sich selbst nichts hergemacht. Aber sie wußte, daß es etwas Rührendes und Feierliches war, wenn ihr altes Pferdchen hier am Anger ruhte, auf noch brauner, nasser Wiese am Oderdamm, ganz nahe am Fluß, bei der Strömung und den unruhigen Wolken.

So viel Weite hatte alles. Wie nichts im Leben des störrischen, verspielten Ponys sie besaß. Seine kleine Bühne in der Schaubude; sein winziger Stall; der Verschlag auf dem Kahn –

Doch selten war ein Pferd so weit und so viel gefahren worden wie ihr Pony Hannchen: einen Strom hinauf, einen Strom hinab; und manchmal war das kleine, alte Pferd auf seiner Flußfahrt sogar mit Federbüschen und goldbenagelten roten Lederzäumen geschmückt.

Auf dem Wege zum Kahn fand Wilhelmine am Rand von Geibraschs Garten, am Zaun, unter den kahlen Büschen drei Schneeglöckchen, nahe beieinander. Die Holzlatten des Bretterzaunes waren von einem feuchten, grünen Schimmer überlaufen. Der Hafen zur Linken war still. Es rauschte nicht mehr von Eisschollen; die waren aufgetaut; das Wasser stieg.

Zum ersten Mittwochs-Fastengottesdienst muß eigentlich auch immer schon etwas Frühling sein. Sonst bekommen die Konfirmanden zu Palmarum ihre weißen Veilchensträuße nicht.

31. Fastnacht der Schiffer

Die anderen hatten sich nicht so in der Hand wie Wilhelmine Butenhof. Sie ließen sich alle ein wenig gehen in der Trauer über Pony Hannchens Tod. Lattersch brachte nicht einmal einen Nachruf zustande. Wilhelmine spürte den dringenden Wunsch, Schluß mit alledem zu machen. Sie griff dafür tief in ihren Beutel. Vielleicht sprach die bittere Erkenntnis mit, daß sie für eine Renovation ihres Kahnes kein Geld mehr zurückzulegen brauchte.

Eine kurze Weile nur wollte sie ihre Freunde von sich fern wissen, um sich allein damit abzufinden, daß sie ihnen den Kahn ›Helene‹ für die Zukunft verschließen mußte.

Nach Breslau sollten sie. Zur endgültigen Zerstreuung und Ablenkung. Zur Schifferfastnacht. Zum Reederfest. Zum großen Ball, den die drei schlesischen Reedereien alljährlich für ihre Angestellten und für die Schleppzugleute veranstalteten. Da fuhren alle Schiffer, die nicht gar zu weit von Breslau über Winter lagen, nur zu gern; ein Oderwinter vergeht langsam, und aufs Ende zu kann man eine Abwechslung brauchen; denn aufs Ende zu wartet sich's immer am schwersten. Sie kamen per Eisenbahn, per Fahrrad; mit gemeinsam gemieteten Pferdeschlitten,

Leiterwagen, Lastautos, je nach Wetter und Entfernung. Zum Ball mit Tanz, sagten die Schiffer.

Das Fest fand immer außerhalb von Breslau statt, im riesigen Saalanbau am Gasthof eines Vorstadtoderdorfes. Die Damen aus den Reederkreisen fühlten sich für eine Nacht verpflichtet, mit Schiffern und mit Kapitänen zu tanzen und mit ihnen am Büfett Pfannkuchen zu essen, Punsch, einen Hennigcreme und Breslauer Korn zu trinken. Mitunter nahmen sie es nicht einmal so genau, ob ein blonder, brauner oder schwarzer Schiffertänzer nun auch bestimmt gerade zu ihrer eigenen Reederei zählte.

Die Herren der drei Reedereien kamen ihren Pflichten gegen die Kapitänsfrauen und Schiffseignerinnen weniger gern nach. Korn und Hennigcreme und natürlich auch Kipke-, Haase- und Kißlingbier bildeten die mittlere Linie, auf der sich aber schließlich auch die Herren aus den Reedereien mit den Frauen von der Oder zum Vergnügen einigten. Die Schifferfrauen tanzten nämlich oft nicht gut – es fehlt an Übung –, die Steuermänner und Schiffsjungen aber vorzüglich; bei den älteren Kapitänen reichte es meist nur zu einem Walzer. Das erklärt manches.

Nun kann man nicht gut von sieben Uhr abends bis vier Uhr morgens durchtanzen.

Darbietungen sind erwünscht, nette Darbietungen, heiter und vielseitig. Wer hat etwas anzumelden? Unter den verehrten Anwesenden? Aus dem Leben der Oderschiffer? Couplets, kleine Szenen, Duette und Soli?

Es läßt sich denken, wie aufgeregt Fräulein Zerline in der Hoffnung auf diesen Augenblick war, in dem man so in den Saal rufen würde. Man hatte ihr erzählt, wie es zuging. Nun würde sie dabei sein, wenn die Truppe sich anbot, die Truppe, bei der sie jetzt für immer lebte!

»Die Oderkrebse« hatte man für den großen Zweck das Ensemble eigens getauft und damit Latterschs Dichtungen eine neues Ansehen verliehen. Fordan sollte noch ordentlich üben, verlangte das Fräulein. Und Zerline selbst nähte an den Kostümen bis in die späte Nacht. Um Hannchen trauerte sie in der Aussicht auf den gemeinsamen Breslauer Erfolg nicht mehr so sehr. Hannchen hätte sowieso nicht mitreisen können. Hannchen hätte nicht in den Saal gedurft. Das Fräulein kannte Hannchen eben nicht so, wie Lattersch und die Butenhof um das Pony Bescheid wußten.

Niemand soll aber denken, daß, selbst abgesehen von Ball und Vorstellung, von den Oderleuten eine Fahrt nach Breslau gering veranschlagt worden wäre. Denn Breslau lieben die Schiffer sehr. Viel mehr als Stettin. In Stettin reden ihnen alle Menschen zu viel vom Haff und der Ostsee und achten nicht sehr auf die Oderkähne und auf die Flußschleppdampfer auch nicht. Denn Fischkutter von der See liegen im Stettiner Hafen und dringen manchmal sogar bis Schwedt vor; Seedampfer machen sich am Kai vor der Hakenterrasse breit; Passagierdampfer; Handelsdampfer, auch aus dem Ausland! Stettin bleibt der Oder nicht treu.

Aber der Dom, die Sand- und die Kreuzkirche, die schattigen Promenaden, die Bischofsgärten und alten Handelshäuser von Breslau wollen nichts anderes sein als ein Schmuck fürs Oderufer; und all die Krane, Docks und Speicher hat man von der Stadt weit weggelegt, an besonderen Hafen, mehr aufs Kohlengebiet zu, wo die Oder nicht gar so schön und mächtig ist wie in Breslau. Das erkennen die Schiffer mit Dank, obwohl das mit dem Coseler Umschlaghafen ein bißchen unbequem ist.

Wilhelmines Leute bildeten keine Ausnahme. Überhaupt schwirrte es in diesen Tagen um die Butenhof von Dankesworten. Namentlich auf dem Bahnhof, vor der Abreise nach Breslau ging es stürmisch damit zu. Denn Wilhelmine hatte ihre Schar begleitet. Fräulein Zerline sprach nur von der Truppe und den Kostümkoffern und der Mäzenin. Das sagte Wilhelmine wenig. Lattersch versuchte fortwährend, einen kleinen Abschiedsvers zu dichten; aber bis der Zug einfuhr, schaffte er es nicht mehr. Der Onkel, heut wieder mehr Athlet als Schiffer, tat das, was ihm von Berufs wegen zukam, und hob die Kleine hoch, als wäre zwischen ihnen alles wieder im reinen; von Wilhelmines Seite war es auch so. Ohnesorge wollte sich in Breslau auf eine noch freie Stelle seines rechten Armes ›Wilhelmine‹ und ›Helene‹ tätowieren lassen. Sein alter Hochmut verriet sich darin, daß er behauptete, nur in Breslau die Prozedur vornehmen zu können. Das hatte aber nichts mit Guras Überschwenglichkeiten zu tun. Der Schlangenmensch erschien fast zu spät, dafür aber frierend in hellen Zwirnhandschuhen; er fand, daß es das Traurigste von der Welt wäre, wenn Wilhelmine sich nicht noch im letzten Moment entschlösse, sie alle nach Breslau zu begleiten. Diesmal äußerten sich die anderen, Nüchterneren, beinahe ebenso. Winderlich allerdings schwieg. Er wiegte distinguiert den Bahnsteig entlang, stäubte die Asche von seiner Zigarette, vertauschte den roten, kleinen Ziegelbahnhof und die Blechbude an der Sperre mit gewaltigen Glas- und Eisenkonstruktionen, den Personenzug Rothenburg an der Oder-Breslau Hauptbahnhof mit einem Expreß und war sehr unwirsch, daß Wilhelmine ihn gerade, als er ein paar verbindliche Worte an sie richten wollte, öffentlich anschnauzte: »Wenigstens mit den Zigaretten sparen.«

Aber sonst ging es nur so: »Nee, und daß gerade du –«

»Wenn du nachlöst, eine Fahrkarte –«

»... das Auftreten nicht mit zu erleben, das Auftreten in der Provinzhauptstadt –«

Fordan rief, schon aus dem rollenden Wagen, seltsamerweise etwas vom Kahn. Ob sie auch wirklich und wahrhaftig die Briefe schreibe. Denn wegen der Briefe, hatte Wilhelmine Butenhof behauptet, müsse sie bleiben. Sie blieb, um ganz allein für sich einen größeren, wichtigeren Abschied von ihren Leuten durchzumachen, als die Trennung für den Ball in Breslau ihn bedeutete.

Und Briefschreiben hatte Wilhelmine eigentlich weniger vor als eine Aussprache mit Michel. Der Junge wußte, daß sie ihn gleich nach der Rückkehr vom Bahnhof erwartete. Aber weil es immer wieder dem Vater zu helfen galt, verspätete er sich, und Wilhelmine stand am Ufer eine ganze Weile vor ihrem Kahn. Nein, Briefe nach Stettin zu schicken, welche Dampfer zuerst bis Cosel herauffahren würden, das hatte keinen Sinn. Es ging einzig und allein noch darum, gemeinsam mit Michel einen Weg zu finden, wie ihren Leuten zu helfen sei, wenn sie aus Breslau zurückkommen würden. Eigentlich fand sie es grausam, daß sie die Männer, den Jungen, das Fräulein ins Vergnügen, in den Schifferfastnachtstrubel mit Papiermützen, falschen Pappnasen, Lampions, Harmonikas und Blechmusik schickte, um sie dann vor die schreckliche Tatsache zu stellen, daß für sie auf der ›Helene‹, daß für die ›Helene‹ selbst das Ende da war. Aber dem Mädchen wuchsen die Verhältnisse einfach über den Kopf. Das hatte es also mit all der Selbständigkeit erreicht. Das also kam davon, wenn man sich gar so zeitig als erwachsen aufspielte und alles vorausnehmen wollte, als wäre man eine wirkliche Schiffseignerin. Und nicht genug damit; auch Michel zog sie noch hinein. Wer gab denn schließlich neuerdings den Zuschuß, von dem das Fräulein auf ihrem Kahn beköstigt wurde?

Michel tröstete sie dann. Schließlich sei doch Fräulein Zerline seine alte Freundin und nicht ihre.

Ja, ja, schon gut, zerknickte Wilhelmine am Kajütenherd ein abgebranntes Streichholz nach dem anderen, sehr schön alles, aber ob nicht gerade, ganz genau der Betrag, den er für seine Kapitänsausbildung zurücklegen konnte, für Fräulein Zerline draufginge.

Das war schon so. Michel konnte sich nicht herauslügen.

»Und ich weiß jetzt«, schnitt die Butenhof ihm alle Beteuerungen und Begütigungen ab, »was ich vorher nicht kapieren konnte: warum du so auf einen Dampfer aus bist. Dampfer sind haltbarer als Kähne. Und du mußt zu deinem Dampfer kommen und Kapitän werden.«

Nein, nein, ihre Energie war noch nicht gebrochen. Michel durfte nicht in ihr Unheil hineingerissen werden. Das stand fest. Aber die Ratlosigkeit war groß.

»Wir haben ja schon viel Geduld gelernt, wie früher die Leute in unserem Alter nicht«, wurde Michel immer lebhafter, »wir haben überhaupt schon viel gelernt. Daß eine Waise einen Vormund bekommt und nichts vom Vormund hat, für seine ganze Verwandtschaft und Bekanntschaft sorgen muß. Daß man einen Vater hat, und er will bloß, daß man für ihn verdient, und kümmert sich nicht etwa um einen. Daß die alten Leute, die es gut mit einem meinen, sich deswegen miteinander verkrachen.«

Und Michel dachte dabei nur an die kleinen Streitigkeiten zwischen Müßiggang und der Leitgöbel. Was ahnte er von jenem großen, fürchterlichen Ereignis vor Wintersanbruch in Stettin, von der Sache damals mit Kapitäns.

Aber das war wohl sehr gut, daß Wilhelmine gerade an Herrn und Frau Woitschach denken mußte, an den Zwist und an ihr Versprechen, der Frau Kapitän ein anderes, ein besseres Kind zu besorgen. Sie musterte den Freund direkt ein bißchen fremd, und der merkte das auch. Nein, als Kind konnte man ihn nicht mehr gut ausgeben, als Kind nicht mehr, verwirrte sich alles bei ihr, denn der heftige Wunsch riß sie plötzlich mit, in Michel nichts mehr sehen zu müssen als ihren einzigen, starken Beschützer. Und der Junge ahnte wohl so etwas, denn er brummte: »Bloß noch bissel Geduld brauche ich, und daß du mit wartest auf die Kapitänszeit und den Dampfer.«

Da war er aber draußen, und Wilhelmine war es recht so, daß er davonlief, obwohl ein Sechzehnjähriger eigentlich schon etwas gesetzter hätte sein dürfen.

Nun war es ja nicht so schlimm, was ihr bevorstand: die Trennung von allen. Die Anmeldung im Schifferkinderwaisenhaus, weil sie doch gar nichts mehr hatte und weil es für sie aus war mit Kapitäns.

Für sie, aber nicht für den Marketenderfreund.

Und nun schrieb sie wirklich einen Brief, wirklich einen, der etwas mit Dampfern zu tun hatte und nach Stettin ging, sogar noch weiter. Bis Storkow.

Ein bissel groß wäre das neue Kind ja. Aber vielleicht ließe es die Frau Kapitän noch manchmal ein bissel schön mit sich tun, wenn es sonst niemand sähe.

Dagegen sei es ausgeschlossen, daß der Kapitän das neue Kind etwa mal verdreschen könne. Dazu sei es zu alt. Aber es würde ihnen gefallen. Und es wäre bestimmt ein guter Tausch. Ob sie sich nicht entsinne. Damals auf der Durchfahrt nach Tschicherzig zum Weinlesefest.

Wenn sie ganz allein war, konnte die Butenhof überschwenglich sein. Sie drückte einen Kuß unter den Brief. Er galt weder der Frau Kapitän, noch dem Herrn Kapitän, noch dem Dampfer ›C. W. V‹. Es war der letzte Kuß eines Kindes.

Aber weil sie es nun einmal nicht erwarten konnte, das Künftige vorauszunehmen und ihr Leben fertig und in ihrer Hand zu sehen, rannte sie vom Kahn zum Ufer, in Michels Hof, wo er in seinem Marketenderschuppen arbeitete.

»Michel«, rief sie atemlos und nicht sehr laut, »ist das jetzt wie verlobt?«

»Da du es bist, ja«, sagte der Junge und folgte ihr nicht nach, als sie wie der Wind zum Kahn zurückflog.

32. Hochzeit im Hafen

Allen nacheinander fiel Wilhelmine um den Hals, Fordan übrigens zu Unrecht. Er war gar nicht mitengagiert. Als einziger. Er hatte doch auch in Köben schon Mißerfolg gehabt. Bedrückt war er aber weiter nicht; er wollte auf der Oder bleiben, sowieso.

Aber wie die anderen bejubelt worden waren. Das Fräulein ahmte die Bravorufe nach, schlug die langen Hände heftig gegeneinander, damit Wilhelmine nachträglich alles miterlebe. Sie konnte es sich kaum vorstellen.

Ein Agent war dagewesen? Ein Varietéagent? Und das hielt er immer so, sich Typen aus dem Volk anzusehen? Wegen des Nachwuchses? Was das Wort bedeutete? Warum das so wichtig war für den Agenten? Wegen der Auflösung der Parenna? Staatlicher Arbeitsnachweis für Artisten?

Das Fräulein redete nur noch im Fachjargon, denn es war nahezu mitengagiert. Die Männer wollten Zerline als Garderobiere mitnehmen; und damit sie die Truppe billiger verpflege, als es im Hotel möglich war. Garderobiere der »Oderkrebse«. Das Fräulein schlug, mit dem Rockzipfel schwenkend, etwas Ähnliches wie ein Pfau sein Rad. Und ein Agent sei gar nicht alt und dick; er habe keinen Specknacken und den Bonbonhut hintenüber gestülpt, daß man die Glatze sieht; keinen Bauch; keine Zigarre beim Sprechen zwischen den Zähnen.

Am Morgen nach dem Fastnachtsball, am Aschermittwoch, nicht zu denken, hatte er die am Vorabend bestellten »Oderkrebse« in Knicker- bocker und Pullover empfangen; er war jung, nett, hatte einen vollen, schwarzen Scheitel, zu Guras Anfechtung, obwohl er ihm sonst sehr gefiel.

»Nachwuchs seid ihr zwar gerade nicht«, murmelte der Agent und schmunzelte, »denn ausgerechnet den Jungen kann ich nicht gebrauchen, so gut er im Kostüm aussieht. Aber alles hat seine Grenze. Denn viel könnt ihr sowieso nicht. Deshalb dürft ihr euch auch keine übertriebe- nen Hoffnungen in punkto Gage machen. Eine große Tournee; mal sehen, ob ihr Anklang findet, ob sich eure Nummer einigermaßen verkaufen läßt; als Truppe aus dem Volk. Und keine neuen Kostüme anschaffen. So wie ihr gestern wart, verstanden.«

Der Onkel grüßte militärisch. Dann ging es sofort los mit der vielen Schreiberei. Namen hinsetzen, Klauseln prüfen. Daß letzteres bedacht wurde, war Ohnesorges Verdienst. Vielleicht würde er selbst auf das Engagement nicht eingegangen sein, wenn er den Zustand des Kahnes ›Helene‹ nicht so klar beurteilt hätte. Er wollte es auf sich nehmen, Wilhelmine Butenhof darüber einiges anzudeuten, und ihr erst dann von dem Varietévertrag mitteilen, als kleinem Trost. Aber das Fräulein redete leider zuerst und verkehrt und überstürzt alle Breslauer Ereignisse heraus. Der Steuermann vermochte Wilhelmines Freude nicht ganz zu begreifen, bis er sich etwas Richtiges dachte.

Brave Schifferstochter, lüftete er im Geiste seinen riesengroßen, bunten Strohhut.

Das Fräulein ließ einen nicht einmal in aller Kürze auf höfliche Gedanken kommen. Dabei war es doch gar nicht zugegen gewesen, als man mit dem Agenten verhandelte. Erstaunlich, wie die Leitgöbel dennoch mit Rede und Gegenrede Bescheid wissen wollte.

Der Agent (nach Fräulein Leitgöbel): »Wenn es mir gelänge, Sie zu gewinnen, obwohl ich weiß, daß die mir nahestehenden Theater nicht in der Lage sind, Sie Ihren Leistungen gemäß –«

Die Truppe: »Wir werden es uns trotzdem überlegen, weil diese Art von Engagement, wie Sie uns vorschlagen, immerhin unseren künstlerischen Interessen –«

Vielleicht hatte aber auch Winderlich dem Fräulein manches so ähnlich berichtet.

Unverrückbar wahr blieb jedoch das Engagement der »Oderkrebse«. Nun wollte das Unglück, daß im Hafen durchaus nicht so viel und so lange von dem gänzlich unerwarteten Ereignis erzählt wurde, wie das in des Fräuleins Wünschen lag. Denn auf dem Nachbarkahn war Hochzeit, und das schien den meisten noch wichtiger. Ehe die erste Schleppfahrt des Jahres beginnt, findet immer eine Hochzeit statt, in jedem Hafen stromauf und stromab, die Oder von Zeuthen aus betrachtet.

Noch lagen die Kähne lang, schwarz und stumm im Hafen. Aber dann wurde an einem neugeteerten Kahn die Luke aufgestoßen, weit, als hoffe man auf erste Frühlingsluft. Ein Schiffer stieg herauf, eine Wimpelschnur über dem Arm. Wenige Augenblicke später standen rings auf den Kähnen Steuermann und Bootsjunge, zogen Fahnen und Transparente auf. Über dem stillen Hafen flatterte es bunt und froh; Kinder sammelten sich vor den Fischerhäusern, obwohl alle Familien drinnen auch zu feiern hatten; denn es war Firmungssonntag und Konfirmation.

Das schmale Laufbrett des Butenhofschen Nachbarkahnes entlang reichten Burschen sich Girlanden, nagelten sie an, legten einen bekränzten neuen Steg zum Ufer. Schiff um Schiff tat es ihnen gleich. Rönnpagels Kapelle in langen, schwarzen, spiegelnden Gehröcken marschierte mit blankgeputzten Posaunen und Trompeten die Fischertreppe herab und stellte sich bei den von Baum zu Baum gehängten Netzen auf. Die Schiffer und ihre Frauen, darunter die Butenhofschen Leute mit ihrem Anhang Michel und Zerline, kletterten vorsichtig (der guten Kleider wegen) von überallher dem Hochzeitskahn zu. Der Bräutigam wartete vor dem unruhigen Gewölk des Märzhimmels auf dem Deck seines neu gerichteten Schiffes und reichte die Kajütentreppe hinab seiner Braut die Hand, um ihr die schmale Stiege hinauf zu helfen. Der Braut lächelte er gut und den Gästen verlegen zu, weil das schlanke Mädchen aus der Stadt sich auf seinem Kahn noch nicht so recht zu bewegen verstand.

Den Steg zum Ufer mußten Frauen und Männer nacheinander beschreiten, nicht als Paare. So führte die Braut den Zug an. Der Bräutigam und Schiffseigner leitete sie behutsam vor sich her und zerdrückte mit seinen schweren Händen den leichten Schleier nicht. Die Kleider der Frauen wehten und leuchteten wie die Wimpel. Die Männer in den ungewohnten feierlichen Anzügen und gesteiften Hemden streckten ihre groben, braunen Hände unbeholfen von sich; den meisten war ihr Frack um Brust und Schulter zu eng, und die blaue Mütze oder der hohe Hut spannte über dem vollen Haar der jungen Schiffer.

Langsam stieg der Zug zur Stadt hinauf, flüsternd und schwer schreitend. Die Jüngeren lachten ein bißchen zwischendurch, weil immer wieder einmal in einer Reihe ein Witzbold war; die Älteren waren nur mit der Strapaze des Treppensteigens beschäftigt.

So festlicher Schar erwiesen selbst die unartigsten Fischerkinder Ehre. In deutlicher Entfernung folgten sie nach. Die kleinen Mädchen hoben die Blumen auf, die aus den buschigen Sträußen der Schifferfrauen fielen.

Die Konfirmanden und die Firmlinge begleiteten gesetzt die bewunderten Hochzeitsleute; die Knaben in ihren langen, blauen, knappen Anzügen mit Myrtensträußchen im Knopfloch und dem runden, schwarzen Hütchen auf dem frischgeschorenen Haar; die Mädchen mit gebrannten Locken, mit weißer oder schwarzer Schleife, in schwarzen oder weißen Kleidern, buchsbaumumwundene Kerzen oder das erste Lacktäschchen und ein Gesangbuch in der Hand. Es war eine schöne Unterbrechung des gemeinsamen Konfirmandenspazierganges auf dem Oderdamm.

Von Giebel zu Giebel waren die langen, dreizipfligen Schifferfahnen gespannt; vor den Türen, die breiten Stufen der Fischertreppe entlang, hatten sich die Gruppen der Nichtgeladenen postiert, rufend und grüßend, denn aus jedem Hause war zum mindesten ein Sohn oder eine Tochter unter den Gästen. Es war eine reiche Schifferhochzeit. Der

Bräutigam hatte Geld aus Holland geerbt. Das war hier noch nie vorgekommen.

Wilhelmine verriet es nicht einmal Michel, der sie führte, daß sie ihn und sich als das eigentliche Brautpaar dieses Tages empfand. Jedenfalls dachte sie und niemand (nicht einmal der Onkel) daran, daß sie heut eigentlich zu den Konfirmanden gehörte: vor den Altar, zum Photographen und auf den Oderdamm zum Spaziergang vor dem Verwandtenkaffee. Aber mit dem lieben Gott fühlte sie sich ganz im reinen. Mit dem Kahn. Mit ihren Leuten. Mit Michel. Mit dem Waisenhaus für Schifferkinder. Mit Kapitäns. Mit Hannchen. Nur »Sie« müßten alle von jetzt an zu ihr sagen.

In der Kirche zischte sie, weil die Orgel sehr laut spielte, Lattersch etwas ins Ohr. Er saß zu ihrer Rechten. Lattersch sollte sich überlegen, was für ein Gedicht er sich zu ihrer eigenen Hochzeit ausdenken würde, wenn sie vielleicht einmal hier in derselben Kirche oder auch weiter unten, in Pommern sogar, einen Kapitän heiratete, vielleicht. Herr Lattersch überlegte schon.

*　*
*

Die Frau Kapitän überlegte auch. Sie solle allein entscheiden, hatte der Herr Kapitän so oder so in alles gewilligt, ehe sie noch davonbrausten mit ihrem ›C. W. V‹, dem vollen, blauen Schmelzwasser entgegen.

Bis zur Carolather Biegung war Frau Woitschach sich noch nicht im klaren. Sie wartete und wartete immer auf ein Zeichen, ein gutes, ein untrügliches.

»Nu, nu, nich gar«, schmunzelte Kapitän Otto Woitschach, »da möchte man wohl in jedem Fall in Zeuthen anlegen. Der Hafen ist ja voller Fahnen noch und noch.«

Der Kapitänin blieb das Herz stehen. Die Schaufelräder drehten rückwärts. Die Ankerkette rasselte. Das Tau wurde um einen Steinpflock und zur Sicherheit auch noch um einen Baum geschlungen. Der trug die ersten, kargen Knospen. Woitschachs ›C. W. V‹ rauchte nur noch ein bißchen aus seinem weiß und rot beringten Schornstein.

Es war sehr ruhig im Hafen, als Kapitäns an Land gingen. Aber dann kehrten die Hochzeiter aus der Kirche zurück, über den Markt, zur Fischertreppe –

»Der ›C. W. V.‹!« schrie Wilhelmine und rannte dem Brautzug voran hinunter zum Ufer.

*　*　
*

»Ob wir dich nicht auch – mit dem Jungen –, dich auch adoptieren, mein Herzel«, ließ die Kapitänin das Mädchen nicht aus ihren Armen, »du Biestel, du kleines –«

»Nee, nee, nich«, glänzten Wilhelmines Augen vor Tränen, »auf den Dampfer ja – aber nicht so –, wir dürfen nämlich nicht Geschwister werden, weil wir heiraten, der Michel und ich –«

Da war sie wieder weg. Bei Michel, bei ihren Leuten und dem Fräulein, riß sie aus der festlichen Schar, entschuldigte sich nicht bei dem anderen Brautpaar.

»Ein sehr ein aufgeregtes Kind«, wurde Vormund Müßiggang ganz mißtrauisch. Denn der Großneffe und das Mündel standen lächelnd vor Kapitäns.

Jetzt war das Mädchen ganz still.

»Wenn wir und wir täten's doch, dann wär'n die Leitgöbeln und ich ebenst das andere Schwiegerelternpaar«, tüftelte er sich aus, und Fräulein Zerline mußte ihm rechtgeben. Sie hatte sein Gemurmel gehört, und das verlangte eine Antwort.

»Seelensgutt bin ich Ihnen, liebes Fräulein«, nahm der Alte ihre Hand, »seelensgutt. Und nun kann ja überhaupt auch keine Feindschaft nich mehr sein zwischen uns. Wenn die und sie heiraten leibhaftig, dann kommen ja die vielen kleinen Mindels zu uns beiden.«

»Und die wissen dann auch nicht, daß wir nicht die richtigen Großeltern sind«, war das Fräulein wieder so sehr klug.

Lattersch holte sich Wilhelmine beiseite:

»Ich weiß jetzt das Versel:

Die Wilhelmine ist heut Braut.
Sie wird hier auf dem Land getraut.
Der Bräutigam ist Kapitän,
da darf der Kahn auch untergeh'n –«

Ob er jetzt an Michels Stelle Marketender werden dürfte, fuhr Fordan dazwischen. Und beinahe hätte er vor Spannung und Erregung Wilhelmine Butenhof »Frau Kapitän« angeredet.

Erzählungen aus dem Biedermeier

Biedermeier - das klingt in heutigen Ohren nach langweiligem Spießertum, nach geschmacklosen rosa Teetässchen in Wohnzimmern, die aussehen wie Puppenstuben und in denen es irgendwie nach »Omma« riecht.

Zu Recht. Aber nicht nur.

Biedermeier ist auch die Zeit einer zarten Literatur der Flucht ins Idyll, des Rückzuges ins private Glück und der Tugenden. Die Menschen im Europa nach Napoleon hatten die Nase voll von großen neuen Ideen, das aufstrebende Bürgertum forderte und entwickelte eine eigene Kunst und Kultur für sich, die unabhängig von feudaler Großmannssucht bestehen sollte.

Georg Büchner Lenz **Karl Gutzkow** Wally, die Zweiflerin **Annette von Droste-Hülshoff** Die Judenbuche **Friedrich Hebbel** Matteo **Jeremias Gotthelf** Elsi, die seltsame Magd **Georg Weerth** Fragment eines Romans **Franz Grillparzer** Der arme Spielmann **Eduard Mörike** Mozart auf der Reise nach Prag **Berthold Auerbach** Der Viereckig oder die amerikanische Kiste

ISBN 978-3-8430-1884-5, 444 Seiten, 29,80 €

Erzählungen aus dem Biedermeier II

Annette von Droste-Hülshoff Ledwina **Franz Grillparzer** Das Kloster bei Sendomir **Friedrich Hebbel** Schnock **Eduard Mörike** Der Schatz **Georg Weerth** Leben und Taten des berühmten Ritters Schnapphahnski **Jeremias Gotthelf** Das Erdbeerimareili **Berthold Auerbach** Lucifer

ISBN 978-3-8430-1885-2, 440 Seiten, 29,80 €

Erzählungen aus dem Biedermeier III

Eduard Mörike Lucie Gelmeroth **Annette von Droste-Hülshoff** Westfälische Schilderungen **Annette von Droste-Hülshoff** Bei uns zulande auf dem Lande **Berthold Auerbach** Brosi und Moni **Jeremias Gotthelf** Die schwarze Spinne **Friedrich Hebbel** Anna **Friedrich Hebbel** Die Kuh **Jeremias Gotthelf** Barthli der Korber **Berthold Auerbach** Barfüßele

ISBN 978-3-8430-1886-9, 452 Seiten, 29,80 €